KB264809

예절과 가정의례

예절과 가정의례

예절과 가정의례

편집부 엮음

Happy & Books

머리말

예부터 전해 내려오는 미풍양속은 어느 민족에게나 다 있다.

우리 겨레는 오천 년이라는 긴 역사와 함께 이어 내려온 미풍양속을 가지고 있으며, 동방예의지국(東方禮義之國)이라 일컬어진 것처럼 예부터 예절(禮節)을 숭상해 온 우리 겨레야말로 조상으로부터 이어 받은 충효사상(忠孝思想)을 바탕으로 한 아름다운 생활양식을 세계 여러 나라에 자랑할 수 있을 것이다.

온고지신(溫故知新)이라는 말이 있듯이, 면면이 이어져 온 조상의 깊은 뜻을 되새기면서, 이어져 내려온 미풍양속을 잘 지켜나가는 것이 오늘을 살아가는 우리가 우리 민족문화를 올바르게 계승 발전시키는 길이 아닌가 생각된다.

그러나 근래에 들어서서 전통적인 가족제도가 무너지면서 조상에 대한 제례는 경시되고 살아 있는 사람들을 위한 의례를 보다 중요시 하게 되었으며, 경제적 풍요와 함께 상례, 혼례, 수연(壽宴) 등의 가정의례는 사치스럽고 호화로워져서 그 폐단이 눈에 보이지 않게 사회적인 문제로 입에 오르내리기도 한다.

오늘날 우리의 생활 속에 자리 잡고 있는 가정의례(家庭儀禮)는 가정의례준칙(家庭儀禮準則)을 따르고 있는 것이므로, 우리 모두가 그러한 미풍양속의 참된 뜻을 이해하여 간소화된 의식이나마 그것에 따라 조상을 바로 섬기고, 그것을 본보기로 자손들에게도 보다 깊은 사랑으로 가르치며 베풀어야 할 것이다.

이 책은 전해 내려오는 풍속을 바탕으로 우리의 생활 속에 자리 잡은 여러 가지 예절과 의식(儀式)을 합리적으로 꾸려나갈 수 있도록 꾸민 것이다. 어른을 공경하고 자손을 사랑하며 이웃끼리 서로 돕고 사는 우리의 아름다운 풍속이 생활 속의 예절과 의식에 바탕을 두고 있는 것이므로, 부디 이 책이 우리의 문화계승과 사회생활에 보탬이 되기를 바란다.

끝으로 이 책은 부족한 점을 수정, 보완하여 2색(色)으로 재출간한 것임을 밝혀둔다.

예절(禮節)

[예절(禮節)]

우리나라의 예 사상은 유교(儒敎)에 근간을 두고 있다.

예(禮)란 살아 있는 사람들에게는 생활규범인 것이며,

죽은 사람에 대해서는 보이지 않는 혼의 존재를 받들어

혈통 간에 친화(親和)와 유대를 재인식하는 마음이며,

우주의 섭리를 다스리는 하늘[天]을 공경하는 것이다.

1. 예절(禮節)의 의의(意義)

예절은 '예의에 관한 범절'을 줄인 말로 '사람이 사람답게 행동해야 할 질서'라고 풀이하기도 하고, '무리지어 사는 사람들이 약속해 놓은 생활 방식'이라고 설명하기도 한다. 영어로는 'etiquette' 또는 'manners'라고 한다.

아무튼 예절은 사람이 사람답게 살아가기 위하여 약속해 놓은 도리이고 질서이고 생활방식이라고 할 수 있다. 예절은 낮추는 자세와 겸손을 요구하는데, 우리가 고대 인간사회를 상상해 보면 한 사람이 하나의 집단에 통과하거나 소속하게 될 때 그는 우선 자신의 목숨을 부지해 줄 것을 간절히 바라며 그들 집단의 생활 방식에 무조건 순응하겠다는 복종의 표시로 허리를 굽히고 저자세를 취하게 되었을 것이다.

미국과 유럽의 사회생활에서 낯선 사람들 사이의 미소 짓는 인사는 겉으로는 매우 인정이 넘치게 보이지만, 내면적으로는 '나는 너를 해칠 의사가 없다'는 의사 표시에서 유래되었다고도 한다.

불어에서 유래된 etiquette란 말은 영어의 ticket(표, 입장권)과 같은 말인데, 이는 프랑스의 베르사이유 궁전에 '잔디에 들어가지 마시오'라는 푯말 즉 티켓을 써 붙인 데서 유래되었다는 설도 있다. 여기서 보면 금지된 것을 지키는 것에서 예절의 근원을 찾게 된다.

인간 사회가 발달되면서 예절도 복잡해져서 사람을 죽여서는 안 된다는 형법도 생기고 사람은 이렇게 다녀야 한다는 도로교통법도 생겼는데, 지금 우리들이 말하는 예절은 성문화된 법규를 제외한 불문율이 그 대상이 되는 것이다.

예절을 지키지 않는다 하여 어떤 공식적인 제재는 없으나 보이지 않는 작용이 가해져 따돌림을 당하기도 하고 장차 불이익을 받게 되기도 한다. 그리고 예절은 상류사회로 갈수록 까다로워지고 하류계층으로 갈수록 그 규범의 정도가 단순하고 적어진다. 아무튼 예절은 고대사회로부터 누구를 위하여 지켜야 하는 범절이 아니라 자신이 살아남기 위하여 지켜야 했던 생활규범임을 명심하고 우리나라의 예절뿐 아니라 국제적인 매너에 관해서도 관심을 가져야 할 것이다.

에티켓은 고대 프랑스어의 동사 estiquier(붙이다)에서 유래한 말이다. '나무 말뚝에 붙인 표지'의 뜻에서 표찰(標札)의 뜻이 되고, 상대방의 신분에 따라 달라지는 편지 형식이라는 말에서 궁중의 각종 예법을 가리키는 말로 변하였다. 따라서 궁정인(宮廷人)이나 각국 대사(大使)의 석차(순위)를 정해야 했고, 그에 수반하는 예식의 절차를 정해야 했다.

비잔틴 궁정에서는 이러한 것들이 엄격하고 복잡했는데, 동방의 라

틴 제국에서도 이를 모방하였으며, 프랑스에 정착된 것은 15세기부터였다. 안 도트리시(루이 13세의 비, 루이 14세 초기의 섭정)의 노력으로 궁정 에티켓이 발달하여 루이 14세 때(17세기)에 완전히 정비되었다. 세부적인 예법 규정은 C.생시몽의 〈회고록〉에 나타나 있으며, 국가를 대표하는 궁정인의 지위를 내외에 과시하는 것이 목적인 듯하다.

루이 16세 때에는 엄격성이 해이해지고 또한 혁명으로 인해 일단 쇠멸하였으나 나폴레옹이 이것을 부활시켜 1830년의 법령에 의해 현재에 이르는 국내공식의전(國內公式儀典)의 형식을 확정하였다. 영국의 왕실 및 1831년까지의 에스파냐 왕실에서는 옛날 그대로의 관례가 준수되고 있었으나 그 후 민주화의 진전과 더불어 단순화되었다. 프랑스에서는 19세기 말의 부르주아 사교계의 '관례' 및 '예의범절'이 오늘날의 프랑스 에티켓의 기초가 되었고, 국제간의 외교의례를 프랑스어로 프로토콜(protocole)이라 한다. 현대에 와서는 에티켓의 어의가 변천되고 일반인에게도 그 적용이 보편화되었다.

현대의 에티켓의 본질은 '① 남에게 폐를 끼치지 않는다. ② 남에게 호감을 주어야 한다. ③ 남을 존경한다.' 등의 세 가지 뜻으로 요약될 수 있다. 즉, 에티켓은 남을 대할 때의 마음가짐이나 태도를 말한다고 할 수 있다. 구체적인 내용으로서는 옥외와 실내에서의 에티켓, 남녀 간의 예의, 복장, 소개, 결혼, 흉사(凶事), 석차(席次 : 자리 순서), 편지, 경례, 경칭, 식사 예법 등 생활 전반의 분야에 이른다. 특히 식탁

예법에는 테이블 매너라는 말이 있으며 식사방법의 룰이 있는데, 정찬인 경우에는 그 이상의 디너 에티켓을 지켜야 하고, 식사 때의 복장까지도 바꿔 입어야 한다.

　에티켓과 매너의 차이는 한국에서는 별로 거론되지 않지만 굳이 말한다면, 매너는 보통 생활 속에서의 관습이나 몸가짐 등 일반적인 규칙을 말하고, 에티켓은 어원적으로는 보다 고도한 규칙, 예법, 의례 등 신사, 숙녀가 지켜야 할 범절들로서 요구도(要求度)가 높은 것을 말한다.

2. 우리나라의 예절

동양의 정신문화의 바탕은 예(禮)라고 할 수 있다. 예부터 우리나라
를 '동쪽에 있는 예절의 나라'라 하여 동방예의지국(東方禮義之國)이
라 일컬었다.

동이열전(東夷列傳)에 있는 우리나라에 관한 이야기를 보면 "먼 옛
날부터 동쪽에 한 나라가 있는데 이를 동이라 한다. 그 나라에 단군
(檀君)이라는 훌륭한 사람이 태어나 아홉 개의 부족 – 구이(九夷)가
그를 받들어 임금으로 모셨다.

순(舜)이 임금이 되어 백성들에게 사람 노릇을 하는 윤리(倫理)와
도덕(道德)을 처음으로 가르쳤다. 한 백성이 부모에게 극진히 효도하
더니 부모가 돌아가시니까 3년을 슬퍼했는데 이들은 한민족의 아들이
었다. 그 나라는 비록 크지만 남의 나라를 업신여기지 않고, 그 나라의
군대는 비록 강했지만 남의 나라를 침범하지 않았다.

풍속이 순후해서 길을 가는 이들이 서로 양보하고 음식을 먹는 사람
들이 먹을 것을 미루며, 남자와 여자가 따로 거처해 섞이지 않으니, 이
나라야말로 동쪽에 있는 예의바른 군자의 나라(東方禮義之國)가 아
니겠는가?"라고 했다.

이처럼 우리나라의 예 사상은 단군 건국에서부터 비롯되었다고 할 수 있고, 중국이 생활문화와 윤리와 도덕, 효도하는 법을 우리나라에서 배워갔으며, 우리 조상들이 서로 사양(辭讓)하고 남녀의 구별을 하여 조심하는 것을 보고 '예절의 나라'라 일컬은 것이다.

그 후 우리나라의 예 사상은 유교(儒敎)에 근간을 두고 있다. 북사(北史)의 고구려전(高句麗傳)에 문화, 특히 예제(禮制)에 대해서 다음과 같이 기록되어 있다. "혼인은 남녀가 서로 좋아하면 이루어지는데, 남가(男家)에서는 돼지와 술만을 보낼 뿐 제물을 보내는 풍습은 없고 혹 재물을 받는 자가 있으면 사람들이 천하게 여겨 매비(賣婢)라고 한다.

죽은 자는 옥내(屋內)에 빈소(殯所)를 차려 3년이 지난 다음에 길일을 택하여 장례를 지낸다. 부모와 지아비의 상사(喪事)에는 삼년상을 입고 형제는 3개월이다. 초종시(初終時)에는 곡읍하고, 장사 때에는 고무(鼓舞), 작약(作藥)하면서 보낸다." 이 기록 가운데 죽은 자의 빈소를 옥내에 두고 부모와 지아비의 상사에 3년 복을 입는 것 등은 두말할 나위 없이 유교예속의 영향이었던 것이다.

이렇듯 예(禮)란 살아있는 사람들에게는 생활규범인 것이며, 죽은 사람에 대해서는 보이지 않는 혼의 존재를 받들어 혈통 간에 친화(親和)와 유대를 재인식하는 마음이며, 우주의 섭리를 다스리는 하늘〔天〕을 공경하는 것이다. 유교 윤리에 있어서 최고의 덕목으로 손꼽을 수 있으며, 동양예절의 기원이 되는 사상은 곧 인(仁)이다.

　인(仁) 사상은 군자교육(君子敎育)의 최고 덕목이며, 인(仁)의 구
현이 곧 예(禮)이다. 공자는 인(仁)의 사상에 대해서 뚜렷한 정의는
밝히지 않고 제자들의 물음에 대하여 때와 장소에 따라 여러 형태로
이야기하였다.

3. 생활예절(生活禮節)

1. 배례(拜禮)

절은 상대방에게 공경하는 뜻을 나타내 보이는 동작으로서 행동예절의 기본이다. 우리나라에서도 당연히 전통적으로 전래되는 절이 있으나 현재는 사람에 따라 절하는 모습이 각양각색으로 통일된 방법이 없어 아쉽기 그지없다. 다행히 우리나라의 예학종장(禮學宗長)이라 추앙되는 사계 김장생(沙溪 金長生) 선생께서 1599년에 저술한 가례즙람(家禮楫覽)에 그림까지 곁들여 우리나라의 절의 원형을 수록되어 있다.

*공수법(拱手法)

공수는 양손을 앞으로 자연스럽게 모아 맞잡는 자세로 우리나라에서 일반적으로 널리 사용하는 공손한 자세의 대표적 모습이다. 공적인 행사나 의식에 참석했을 때, 웃어른 앞에서 공손한 자세를 취할 때 공수의 자세를 하면 된다.

공수의 기본자세는 양손의 손가락을 붙여서 자연스럽게 편 다음 앞으로 모아 포갠다. 이때 엄지손가락은 깍지를 끼고 나머지 네 손가락은 포개면 된다.

1) 남자의 평상 시 공수는 왼손이 위이다.

2) 남자의 흉사(凶事 : 사람이 죽어서 약 백일〔졸곡〕까지를 말한다) 시 공수는 오른손이 위이다.

3) 여자의 평상 시 공수는 오른손이 위다.

4) 여자의 흉사 시 공수는 왼손이 위이다.

5) 공수할 때 엄지손가락은 엇갈려 낀다(소매가 넓고 긴 예복의 소매 끝을 눌러 흘러내리지 않게 한다).

6) 평상복을 입었을 때는 공수한 손의 엄지가 배꼽 부위에 닿게 내린다.

7) 소매가 넓은 예복을 입었을 때에는 공수한 손이 수평이 되게 올린다.

8) 공수하고 앉을 때에는 남자는 중앙에 여자는 오른쪽 다리 위에, 한 무릎을 세울 때는 세운 무릎 위에 공수한 손을 얹는다.

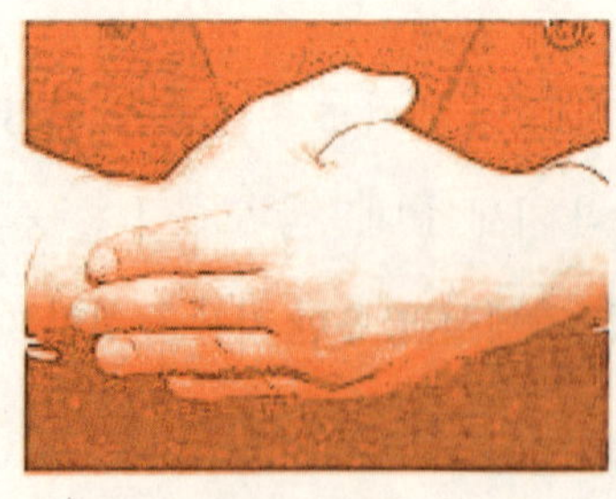

〈남자의 공수〉

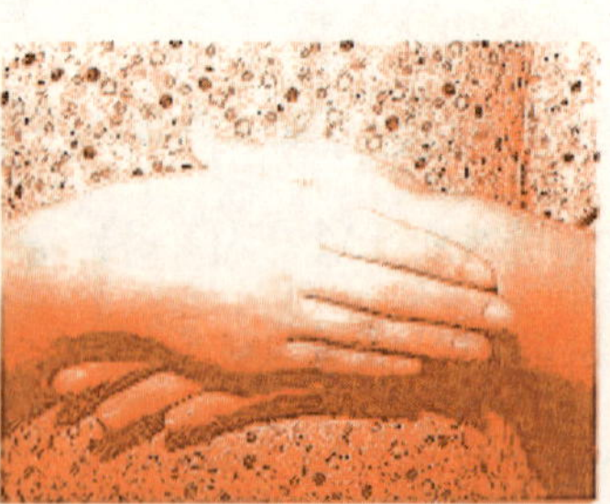

〈여자의 공수〉

① 남자 절의 기본 동작

1) 공수하고 절할 대상을 향해 선다.

2) 엎드리며 공수한 손으로 바닥을 짚는다(손을 벌리지 않는다).

3) 왼 무릎을 먼저 꿇는다.

4) 오른 무릎을 왼 무릎과 가지런히 꿇는다.

5) 왼발이 앞(아래)이 되게 발등을 포개고 뒤꿈치를 벌리며 엉덩이를 내려 깊이 앉는다.

6) 팔꿈치를 바닥에 닿게 붙이며 이마가 손등에 닿도록 머리를 깊숙이 숙인다.

7) 고개를 들며 팔꿈치를 바닥에 뗀다.

8) 오른 무릎을 먼저 세운다.

9) 공수한 손을 바닥에서 떼어 오른 무릎 위에 올려놓는다.

10) 오른쪽 무릎에 힘을 주며 일어나 왼쪽 발을 오른쪽 발과 가지런히 모은다.

② 남자 절의 종류와 절하는 경우

*큰절〔계수배(稽首拜)〕 : 기본동작과 같이 하되 6번 동작의 상태로 잠시 머물러 있다가 일어난다. 답배(答拜)를 하지 않아도 될 높은 어른(직계존속)이나 의식행사에서 하는 절이다. 그리고 천천히 하는

것이 큰절의 요령이다.

 *평절〔돈수배(頓首拜)〕: 계수배와 같이 하되 6번 동작에서 머물지 않고 이마가 손등에 닿으면 즉시 일어난다. 답배를 해야 할 어른이나 정중히 맞절을 해야 할 경우에 하는 절이다.

 *반절〔공수배(控首拜)〕: 기본동작의 5,6,7번 동작을 하지 않고 엉덩이에서 머리까지 수평이 되게 굽혔다가 일어난다. 연장자가 아랫사람이 한 절에 답배를 하는 것이다.

 *고두배(叩頭拜) : 두 손을 벌려 바닥을 짚고 이마로 바닥을 두드린다(다른동작은 기본동작과 같다). 신하가 임금에게 하는 절이다. 현재는 임금이 없으니 손을 벌려 바닥을 짚고 절을 해서는 안 된다.

 *흉배(凶拜) : 흉사시의 큰절, 평절, 반절로 공수하는 방법이 반대인 것을 말한다.

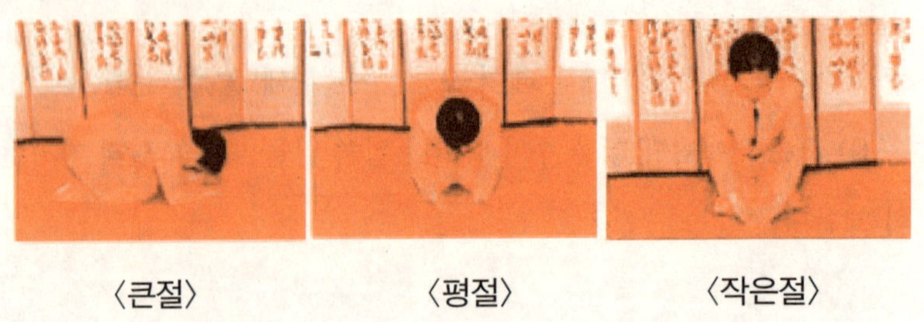

〈큰절〉　　　〈평절〉　　　〈작은절〉

3. 여자의 배례

① 여자 큰절의 기본동작

1) 공수한 손을 어깨 높이에서 수평이 되게 올린다.

2) 고개를 숙여 이마를 손등에 댄다.

3) 왼 무릎을 먼저 꿇는다.

4) 오른 무릎을 왼 무릎과 가지런히 꿇는다.

5) 오른발이 앞(아래)이 되게 발등을 포개고 뒤꿈치를 벌리며 깊이 앉는다.

6) 상체를 앞으로 60도쯤 굽힌다.

7) 상체를 일으킨다.

8) 오른 무릎을 먼저 세운다.

9) 일어나서 두 발을 모은다.

10) 수평으로 올렸던 공수한 손을 내린다.

② 여자 평절의 기본동작

1) 공수한 손을 풀어 두 손을 양 옆에 내린다.

2) 왼 무릎을 먼저 꿇는다.

3) 오른 무릎을 왼 무릎과 가지런히 꿇는다.

4) 오른발이 앞(아래)이 되게 발등을 포개고 뒤꿈치를 벌리며 깊이 앉는다.

5) 손가락을 가지런히 모아 끝이 밖을 향하게 무릎과 가지런히 바닥에 댄다.

6) 상체를 앞으로 60도쯤 굽히며 손바닥을 바닥에 댄다.

7) 상체를 일으키며 손바닥을 바닥에서 뗀다.

8) 오른 무릎을 세우며 손끝을 바닥에서 뗀다.

9) 일어나서 두 발을 모은다.

10) 두 손을 앞으로 모아 공수한다.

③ 여자의 반절

여자의 평절을 약식으로 하는 절이다. 앉은 자세에서 일어나지 않고 두 손만 바닥에 짚는데, 아랫사람이 하는 절에 윗사람이 답배를 하는 것이다.

<큰절> <평절> <작은절>

4. 절의 횟수와 하는 법

1) 남자는 양(陽)이기 때문에 최소 양수인 1회가 기본 회수이다.

2) 여자는 음(陰)이기 때문에 최소 음수인 2회가 기본 회수이다.

3) 평상시 어른에게는 남자는 1배, 여자는 재배가 원칙이나 절의 종

류와 회수는 절을 받으실 어른의 명에 따르는 것이다.

4) 각종 의식행사에서는 남자는 재배, 여자는 4배 한다.

5) 근친이 아닌 남이 하는 절에 대해서는 절하는 사람이 20세 이상이면 답배, 또는 맞절을 해야 한다.

5. 세배(歲拜)

민속명절 설날에 웃어른에게 절하며 새해인사로 덕담(德談)을 나누는 것을 세배라 한다. 세배는 평소의 조석문안과 다른 하나의 의식이다.

*가족끼리의 세배 방법

1) 자녀를 둔 부부가 부모를 모시고 사는 가정이라면 설빔을 차려 입고 부모님 앞에 선다.

2) 남자는 동쪽, 여자는 서쪽에 위치한다.

3) 먼저 부모와 부부 내외끼리 정중한 맞절로 세배한다.

4) 부모가 부동모서의 위치에서 남쪽을 향해 앉으면 부부와 자녀들이 북쪽을 향해 큰절을 하고 새해 인사를 여쭙는다.

5) 남편은 아버지의 왼쪽 앞, 아내는 어머니의 오른쪽 앞에 남쪽을 향해 앉으면 아들과 딸이 큰절을 하고 새해 인사를 여쭙는다.

6) 아들과 딸이 누이나 오라비에게 평절을 한다.

배례를 할 수 없는 장소에서는 허리를 굽혀 경례를 하고, 한복을 입었을 때는 공수한 상태로 경례한다.

***경례의 종류**

1) 큰경례 : 큰절을 하는 경우에 하는 경례로 윗몸을 90도 정도 굽힌다.

2) 평경례 : 윗몸을 45도 정도 굽히는 것으로 평절을 하는 경우에 해당한다.

3) 반경례 : 윗몸을 15도 정도 굽히는 것으로 반절이나 간단한 예를 표시하는 경우에 해당한다.

4) 목례 : 노상에서 하는 간략한 인사법으로 상대에게 가볍게 고개를 숙인다.

5) 거수경례 : 제복을 입은 경우에 하는 경례로 오른손을 곧게 펴서 손끝이 오른쪽 눈썹에 오도록 손을 올리는 방법이다.·

6) 국기에 대한 경례 : 국기에 대한 존경과 충성을 나타내는 경례로 오른손을 왼쪽 가슴 위에 자연스럽게 대는 방법이다.

7) 주목(注目)경례 : 단체 행동이나 제복 착용 시 절을 받을 사람을 부동의 자세로 주시하는 것이다.

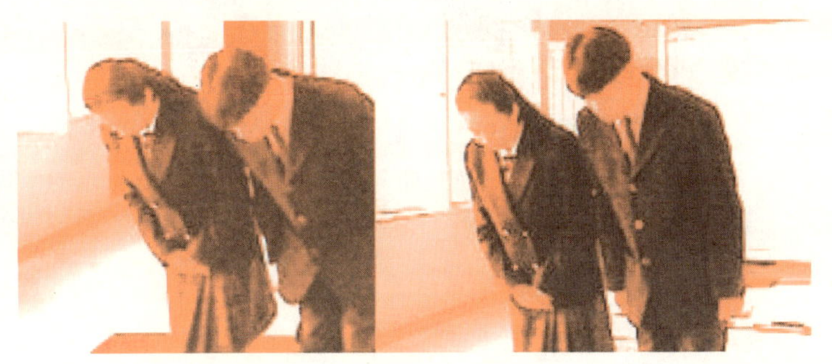

〈큰경례〉   〈평경례〉

〈반경례〉   〈거수경례〉

7. 악수(握手)

악수는 반가움을 표시하는 인사 방식이다.

악수는 윗사람이 먼저 청하면 아랫사람이 응하고, 여성이 먼저 청하면 남성이 응하는 것이 예의이다.

4. 호칭예절(呼稱禮節)

1. 올바른 호칭의 사용

호칭은 특정한 사람을 불러 일컫는 말이다. 상대를 불러 일깨울 때, 상대에게 자신을 가리켜 말할 때, 대화 중에 특정한 사람을 일컬을 때 호칭이 쓰인다.

서로간의 관계에 따라 서로를 부르는 호칭도 다르고 아울러 제삼자를 일컫는 호칭도 달라진다. 따라서 호칭은 가리키려는 사람을 정확하게 표시해야 함은 물론이거니와 상대에 대한 존중을 잃지 않도록 해야 한다.

2. 복잡하지만 합리적인 호칭

① 자신에 대한 호칭

저, 제 : 웃어른이나 대중에게 말할 때.

나 : 같은 또래나 아랫사람에게 말할 때.

우리 : 자기 쪽을 남에게 말할 때.

아비, 어미 : 부모로서 자녀에게 말할 때.

할아비, 할미 : 조부모로서 손자, 손녀에게 말할 때.

형, 누이 : 형이나 누이로서 동생에게 말할 때.

② 아버지에 대한 호칭

아버지 : 직접 부르거나 대화 중 지칭할 때, 남에게 자기의 아버지를
일컬을 때.

아버님 : 남편의 아버지를 직접 부를 때와 상대방의 아버지를 일컬
을 때.

아비 : 아버지의 어른에게 아버지를 일컬을 때.

아빠 : 말을 배우는 아이(초등학교 취학 전)에게 그의 아버지를 일
컬을 때.

가친(家親) : 아버지를 남에게 일컫는 한문 호칭.

춘부장(椿府丈) : 상대방의 아버지를 일컫는 한문 호칭.

③ 어머니에 대한 호칭

어머니 : 직접 부르거나 지칭할 때, 남에게 자기의 어머니를 일컬
을 때.

어머님 : 남편의 어머니를 직접 부를 때와 상대방의 어머니를 일컬
을 때.

어미 : 어머니의 어른에게 어머니를 일컬을 때.

엄마 : 말을 배우는 아이(초등학교 취학 전)에게 그의 어머니를 일컬을 때.

자친(慈親) : 자기의 어머니를 남에게 일컫는 한문 호칭.

자당(慈堂) : 상대방의 어머니를 일컫는 한문 호칭.

현비(顯妣) : 지방이나 축문에 돌아가신 어머니를 쓸 때.

대부인(大夫人) : 상대방의 돌아가신 어머니를 일컬을 때.

④ 형제간의 호칭

언니 : 미혼의 동생이 형을 부르는 호칭.

형님 : 기혼의 동생이 형을 부르는 호칭.

형 : 집안의 어른에게 형을 일컬을 때.

백씨(伯氏), 중씨(仲氏), 사형(舍兄) : 남에게 자기의 형을 일컬을 때. 백씨는 큰형, 중씨는 둘째형, 사형은 셋째 이하의 형.

⑤ 형제, 자매간의 배우자 호칭

아주머니 : 형의 아내를 직접 부를 때.

아주미 : 형의 아내를 집안 어른에게 말할 때.

형수씨 : 형의 아내를 남에게 일컬을 때.

존형씨 : 상대방의 형을 일컬을 때

제수씨, 수씨 : 동생의 아내를 직접 부를 때.

제수 : 집안 어른에게 제수를 일컬을 때.

⑥ 시댁 가족의 호칭

아버님, 어머님 : 남편의 부모를 직접 부를 때.

아주버님 : 남편의 형을 부르거나 일컬을 때.

형님 : 남편의 형수나 손위 시누이를 부를 때.

시숙 : 남편의 형을 친족이 아닌 남에게 말할 때.

동서 : 남에게 손위 동서를 말할 때.

형 : 손위 동서보다 어른에게 손위 동서를 말할 때.

도련님 : 미혼인 시동생을 말할 때.

서방님 : 기혼인 시동생을 말할 때.

작은 아씨 : 미혼인 손아래 시누이를 부를 때.

⑦ 처가 가족의 호칭

장인어른, 장모님 : 아내의 부모를 직접 부를 때.

처남 : 처가의 가족에게 아내의 남자 동기를 말할 때.

처남댁 : 처남의 아내를 부를 때.

처제 : 아내의 여동생을 말할 때.

동서 : 처형이나 처제의 남편을 말할 때.

⑧ 기타 친척의 호칭

큰아버지, 큰어머니 : 아버지의 큰 형님과 그 아내.

○째 아버지, ○째 어머니 : 아버지의 큰형이 아닌 남자 동기와 그

아내.

　고모, 고모부 : 아버지의 누이와 그 남편.

　외숙, 외숙모 : 어머니의 남자 동기와 그 아내.

　이모, 이모부 : 어머니의 자매와 그 남편.

⑨ 사회생활에서의 호칭

어르신네 : 부모의 친구 또는 부모같이 나이가 많은 어른.

선생님 : 학교의 선생님이나 존경하는 어른.

노형(老兄) : 11년 이상 15년까지의 연상자.

　형 : 6년 이상 10년까지의 연상자 또는 아직 친구 사이가 되지 못한 10년 이내의 연상자.

　이름, 자네 : 10년 이내의 연하로 친구같이 지내는 사이.

　○○○씨 : 친숙한 관계가 아닌 10년 이내의 연상자와 기혼, 성년의 연하자.

⑩ 모르는 사람의 호칭

노인 어른, 노인장 : 할아버지, 할머니처럼 연세가 많은 어른.

어르신네 : 부모처럼 연세가 많은 어른.

부인 : 자기의 부모보다는 젊은 기혼의 여자.

댁 : 같은 또래의 남자와 여자.

총각 : 미혼인 젊은 남자.

아가씨 : 미혼인 젊은 여자.

학생 : 학생 신분의 남녀.

5. 가정예절(家庭禮節)

1. 가족(家族)

가족이란 혈족을 중심으로 혈족의 직계와 방계 및 배우자를 포함하는 최소의 집단이다. 우리나라에서의 근친의 범위를 말하면 고조할아버지대인 8촌과 근친 남자의 배우자 및 어머니의 4촌까지를 의미하는 것이다.

2. 계촌법(系寸法)

촌수는 친등(親等)이라고도 한다(민법 985조 1항·1000조 2항). 촌수의 본래의 뜻은 손의 마디라는 뜻이다. 촌수가 적으면 많은 것보다 근친임을 의미하며, 또 촌자(寸字)는 친족을 가리키는 말로 쓰이기도 한다. 예를 들면 숙부를 3촌, 종형제(從兄弟)를 4촌이라 하는 것과 같다. 그러나 직계혈족에 관하여는 촌수를 사용하지 않는데, 이는 촌수가 직계를 셈하기 위한 것이 아니라 방계(旁系)를 계산하기 위한 것이기 때문이다.

　다만 직계 혈족의 경우 예외적으로 자신과 아버지의 관계에 한해서만 촌수를 인정한다. 이 경우 자신과 아버지의 촌수는 1촌으로, 이를 기준으로 해서 방계의 촌수가 정해진다. 그러나 이는 촌수 계산을 위한 편의상의 구분에 지나지 않는다.

　직계 혈족 간의 촌수는 자신과 아버지 사이에만 사용하기 때문에 세대(世代) 수와는 상관없이 모두가 1촌이다. 자신과 할아버지는 세대로 따지면 2세대의 차이가 있어 자신과 아버지의 1촌, 아버지와 아버지(할아버지)의 1촌을 더하여 2촌으로 생각하는 사람들이 많은데 이는 근거가 없다. 자신과 아버지의 관계에만 사용한다는 것은 곧 자신과 아버지의 1촌만을 인정한다는 말이다. 따라서 자신과 아버지의 1촌, 아버지와 아버지(할아버지)의 1촌씩 해서 계속 선계(先系)로 거슬러 올라가 어떤 직계 선조에 이르더라도 자신과 그 선조 사이의 촌수는 1촌이 되는 것이다. 다시 말해 아버지, 할아버지, 증조부, 고조부, 10대조, 20대조, 시조(始祖)를 막론하고 자신과의 촌수는 무조건 1촌이라는 뜻이다.

　그러나 아버지와 어머니는 핏줄로 연결된 관계가 아니라 서로 다른 남남이 만나 이루어진 관계이기 때문에 촌수가 없다.

　방계 친족 간에는 최근친인 공동시조(共同始祖)에서 각자에 이르는 세수(世數)를 각각 계산하여 그 합계를 친족 상호간의 촌수로 한다. 가장 가까운 방계친족은 형제 사이로 2촌, 그 다음은 아버지의 형제인 백부, 숙부로 3촌, 다음은 백부, 숙부의 자녀로 4촌이 된다.

이와 같이 방계 혈족간의 촌수는 형제의 촌수인 2촌×세대수로 계산하여 할아버지가 같으면 2촌×2대=4촌, 증조부가 같으면 2촌×3대=6촌, 고조부가 같으면 2촌×4대=8촌, 15대조가 같으면 2촌×15대=30촌이 되어 관계상으로는 모두 형제간이 되는 것이다.

또 아저씨, 조카 관계는 형제의 촌수인 2촌×세대수에서 1을 빼되, 아저씨뻘이면 자신보다 1세대가 낮고, 조카뻘이면 1세대가 높은 것이다. 예를 들어 자신에게는 20대조, 상대에게는 19대조이면 2촌×20대=40촌에서 1촌을 빼면 39촌이 된다. 이 경우 상대는 아저씨뻘이 된다.

민법의 촌수 계산에 관한 규정은 다음과 같다.

㉠ 방계혈족은 자기로부터 동원(同源)의 직계존속에 이르는 세수와 그 동원의 직계존속으로부터 그 직계비속에 이르는 세수를 통산하여 그 촌수를 정한다(770조 2항).

㉡ 인척(姻戚)은 배우자의 혈족에 대하여는 배우자의 그 혈족에 대한 촌수에 따르고, 혈족의 배우자에 대하여는 그 혈족에 대한 촌수에 따른다(771조).

㉢ 양자와 양부모 및 그 혈족, 인척간의 촌수는 입양한 때부터 혼인 중의 출생자의 경우와 동일한 것으로 본다(772조 1항).

㉣ 양자의 배우자, 직계비속과 그 배우자는 양자의 친계를 기준으

또 현행 민법에서는 친족의 범위를 8촌 이내의 혈족, 4촌 이내의
인척과 배우자(777조)로 한정하고 있는데, 이 경우 혈족은 조부의
형제자매의 현손(玄孫)까지 해당한다.

〈친족 계촌표〉

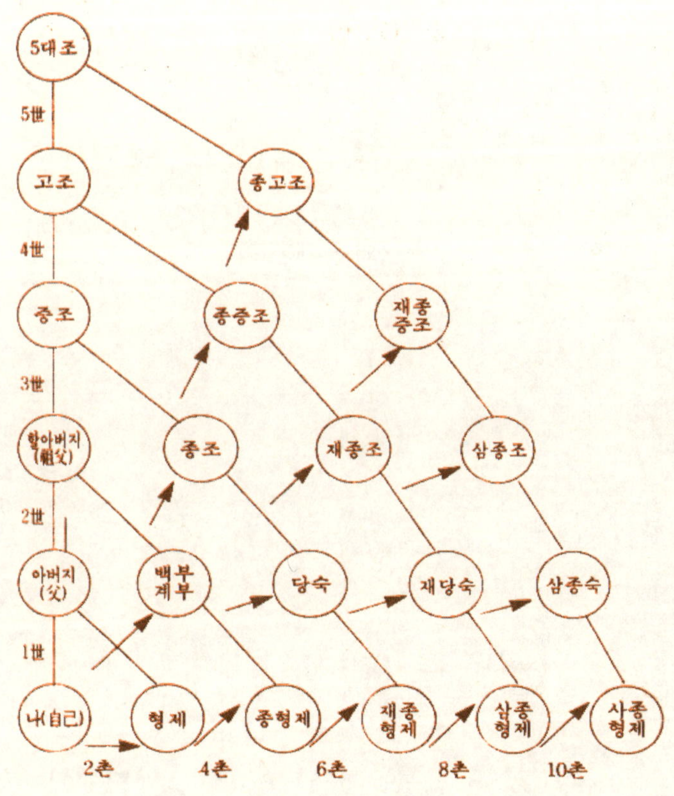

〈내종간 계촌표〉

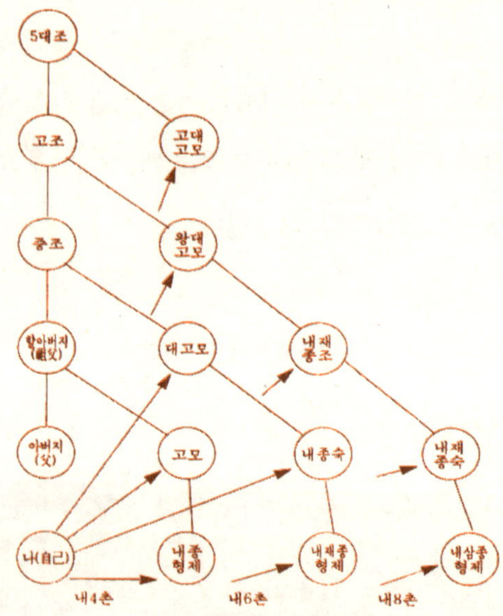

〈외가 계촌표〉

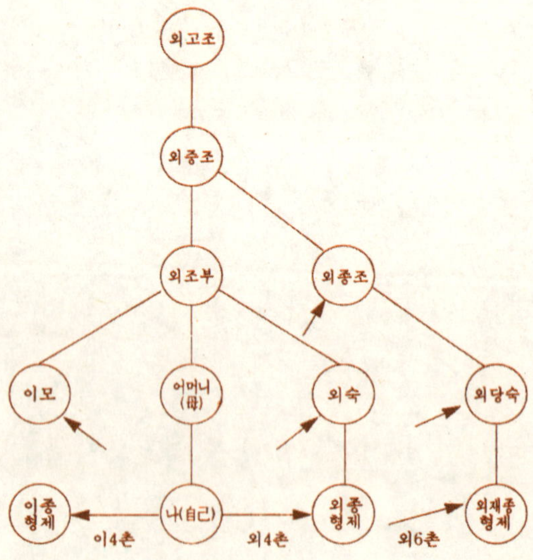

① 〈나〉를 기준한 종족(宗族)의 호칭

부(父) – 아버지. 사망하면 고(考).

모(母) – 어머니. 사망하면 비(妣).

조부(祖父) – 할아버지. 아버지의 아버지.

조모(祖母) – 할머니. 아버지의 어머니.

증조부(曾祖父) – 증조할아버지. 아버지의 할아버지.

증조모(曾祖母) – 증조할머니. 아버지의 할머니

고조부(高祖父) – 아버지의 증조할아버지.

고조모(高祖母) – 아버지의 증조할머니.

자(子) – 아들. 자기의 소생.

자부(子婦) – 며느리. 아들의 아내.

여(女) – 딸. 자기의 소생.

손자(孫子) – 아들의 아들.

손부(孫婦) – 손자의 아내.

증손(曾孫)– 손자의 아들. 아들의 손자.

증손부(曾孫婦) – 증손자의 아내.

현손(玄孫) – 증손자의 아들.

현손부(玄孫婦) – 현손의 아내.

백부(伯父) – 세부(世父). 조부의 장자.

백모(伯母) – 세모(世母). 백부의 아내

중부(仲父) - 아버지의 중형.

중모(仲母) - 중부의 아내.

숙부(叔父) - 계부(季父). 아버지의 동생.

숙모(叔母) - 숙부의 아내.

고모(姑母) - 아버지의 여자 형제.

형(兄) - 아버지가 먼저 낳은 아들.

형수(兄嫂)- 형의 아내.

제(弟) - 동생.

제수(弟嫂) - 동생의 아내.

자(姉) - 누님. 손위 누이.

매(妹) - 여동생. 손아래 누이.

질(姪) - 조카. 형제의 아들.

질부(姪婦) - 조카의 아내.

종손(宗孫) - 형제의 손자.

종손부(從孫婦) - 형제의 손부.

종형제(從兄弟) - 백숙부의 아들.

종자매(從姊妹) - 백숙부의 딸.

당질(堂姪) - 종형제의 아들.

당질부(堂姪婦) - 당질의 아내.

재종손(再從孫) - 종형제의 손자.

종조부(從祖父) - 조부의 형제.

종조모(從祖母) - 종조부의 아내.

당숙(堂叔)- 아버지의 종형제.

당숙모(堂叔母) - 당숙의 아내.

재종형제(再從兄弟) - 당숙의 아들.

재종자매(再從姉妹) - 당숙의 딸.

재당질(再堂姪) - 재종형제의 아들.

재종조부모(再從祖父母) - 아버지의 당숙과 당숙모.

재당숙(再堂叔) - 아버지의 재종형제.

재당숙모(再堂叔母) - 재당숙의 아내.

삼종형제(三從兄弟) - 재당숙의 아들.

삼종자매(三從姉妹) - 재당숙의 딸.

종증조부(從曾祖父) - 증조부의 형제.

종증조모(從曾祖母) - 종증조부의 아내.

왕고모(王姑母) - 아버지의 고모.

종고모(從姑母) - 아버지의 종자매.

재종고모(再從姑母) - 아버지의 재종자매.

종증조고모(從曾祖姑母) - 증조의 자매.

*여기까지는 복(服)을 입는 종족이라 하여 유복지친(有服之親)이라고 말

한다.

삼종조부(三從祖父) - 아버지의 재당숙

삼종조모(三從祖母) - 아버지의 재당숙.

삼종숙(三從叔) - 아버지의 삼종형제.

삼종숙모(三從叔母) - 삼종숙의 아내.

삼종질(三從姪) - 삼종형제의 아들.

삼종손(三從孫) - 재종형제의 손자.

*여기까지는 복(服)을 입지 않는 종족이라 하여 면복근친(免服近親)이라고 한다.

삼종이 넘는 일가는 촌수(寸數)가 없고, 조부의 항렬에 해당되면 대부(大父)라 하고, 아버지의 항렬은 족숙(族叔)이라 하고, 형제 항렬은 족형(族兄), 족제(族制)라 한다. 손아래 항렬은 족질(族姪)이라 하고, 항렬이 분명치 않을 때는 종씨(宗氏), 존장(尊長)이라고 칭한다.

② 혼인으로 인하여 생기는 호칭

1) 부당(父黨)

고모부(姑母夫) - 고모의 남편.

내종(內從) - 고모의 자녀. 고종(姑從).

내종질(內從姪) - 내종의 아들.

자형(姊兄) - 누님의 남편.

매부(妹夫) - 여동생의 남편.

생질(甥姪) - 여자 형제의 아들.

생질녀(甥姪女) - 여자 형제의 딸.

2) 모당(母黨)

외조부(外祖父) - 외왕부(外王父). 어머니의 아버지.

외조모(外祖母) - 외왕모(外王母). 어머니의 어머니.

외숙(外叔) - 어머니의 오빠나 남동생.

외숙모(外叔母) - 외숙의 아내.

외종숙(外從叔) - 어머니의 사촌 남자 형제.

이모(姨母) - 어머니의 여자 형제.

종이모(從姨母) - 어머니의 사촌 여자 형제.

외종(外從) - 외숙의 아들, 딸.

이모부(姨母夫) - 이모의 남편.

이종(姨從) - 이모의 자녀.

이질(姨姪) - 아내의 자매의 자녀.

3) 부당(夫黨)

부(夫) - 남편.

시부(媤父), 시모(媤母) - 남편의 아버지〔구(舅)〕와 어머니〔고
(姑)〕.

시숙(媤叔), 시매(媤妹) - 남편의 남자 형제와 여자 형제.

4) 처당(妻黨)

처(妻) - 아내.

빙부(聘父), 빙모(聘母) - 아내의 아버지[장인(丈人)]와 어머니[장모(丈母)].

처백부모(妻伯父母), 처숙부모(妻叔父母) - 아내의 백부모와 숙부모.

처남(妻男) - 아내의 남자 형제.

처수(妻嫂) - 처남의 아내.

처형(妻兄), 처제(妻弟) - 아내의 언니와 동생.

처질(妻姪) - 처남의 자녀.

3. 어른을 모시는 예절

① 문안예절

1) 저녁에는 잠자리를 펴드리고 아침에는 안녕히 주무셨는지 살피며 절하고 뵙는다. 이처럼 아침과 저녁으로 문안(問安)을 여쭙는 것을 '혼정신성(昏定晨省)'이라 하며, 자식이 된 도리로서 반드시 실천해야 한다.

2) 어른께서 "절은 하지 말라."고 하시면 공손히 말씀으로 인사를

여쭙고, 만일 "일부러 문안할 것 없다." 하시면 아침에는 뵙는 즉시 인사를 여쭙고, 저녁에는 자기 전에 인사를 올린다.

3) 반드시 어른보다 먼저 일어나고 어른이 깨시지 않도록 조용히 한다.

4) 방 안과 밖의 불을 끄며, 주무시는 데 방해가 되지 않도록 조용히 한다.

5) 어른이 쓰시는 각종 기구와 잡수셔야 할 약이나 음료수 등을 알뜰히 챙기고 살핀다.

6) 방이 찬지 더운지 살피며 어른의 안색을 살펴 불편함이 없도록 정성스럽게 보살핀다.

② 일상생활의 예절

1) 집에 있을 때는 항상 가까이 곁에서 모시고 적적하시지 않게 해드린다.

2) 안색을 공손하고 온화하게 하고, 몸놀림을 조심해 삼가며, 말은 조용하고 부드럽게 한다.

3) 어른께서 부르시면 대답과 동시에 달려가서 뵙고, 물러나라 하시기 전에는 물러나지 않는다.

4) 어른보다 편한 자세를 취하지 않으며, 어른보다 높은 곳에 있지 않고, 어른에게 뒷모습을 보이지 않는다.

③ 어른께서 편찮으실 때의 예절

1) 어른께서 편찮으시면 약이나 치료도 중요하지만 자손들이 걱정하며 정성을 다해 보살피는 것이 더 중요하다.

2) 항상 어른의 생활 상황을 살펴 조금이라도 이상이 있으면 어디가 편찮으신지 여쭙는다.

3) 약을 마련해 때맞추어 시중들어 잡수시게 하고, 병원에 모시고 가거나 의사를 청해 서둘러 조치한다.

4) 편찮으신 어른의 곁을 되도록 떠나지 말 것이며 병실의 온도, 습도, 환기에 주의하고 의복이나 이부자리 등을 더욱 정결하게 보살핀다.

5) 저녁에도 반드시 가까이 모시고 용태를 살피며 잔심부름을 해드린다.

④ 어른의 의식주 수발 예절

(1) 어른의 의복 수발

1) 어른의 의복은 항상 정결하고 단정하게 차려드린다.

2) 계절과 기후에 맞춰 의복을 입으시게 해드린다.

3) 아랫사람들이 새 옷을 할 때는 반드시 어른의 옷을 여쭈어서 먼저 한다.

4) 가정에 행사가 있거나 나들이하실 때에는 반드시 정결하게 입으시도록 배려한다.

5) 어른의 의복과 차림새는 가정의 위엄과 전통을 나타낸다. 한복이든 양복이든 격에 맞고 때에 맞고 나이에 맞도록 세심한 배려를 해 드린다.

6) 어른의 옷차림새가 바로 어른을 모시는 자손들의 정성이 밖으로 보이는 것이므로 정성을 다해야 한다.

(2) 어른의 음식 수발

1) 주부가 장에 갈 때는 어른에게 잡수시고 싶은 것을 여쭈어서 마련한다.

2) 음식의 종류, 조리법 등을 어른에게 여쭈어서 한다.

3) 음식의 조미와 온냉은 다른 가족보다 어른을 기준으로 한다.

4) 새로운 과실, 채소 등이 나오면 재빨리 어른에게 드리고, 어른이 잡수신 다음에 다른 가족들이 먹는다.

5) 색다른 음식을 했거나 집 밖에서 들여온 음식은 반드시 어른에게 먼저 드린 다음에 다른 가족들이 먹는다.

6) 상을 차릴 때에는 어른이 좋아하시는 음식을 먹지 않도록 미리 가르친다.

7) 어른이 수저를 들기 전에 먹지 말 것이며, 어른이 수저를 놓으시기 전에 일어나지 말 것이다.

8) 식탁의 좌석 배치는 어른을 상좌에 모시고, 어른의 좌측에 남자, 우측에 여자가 앉도록 한다.

9) 집안의 행사, 잔치 같은 큰일의 음식 장만은 미리 어른에게 여쭈어서 한다.

(3) 어른의 거처 수발

1) 어른의 거처는 가정의 중심이다. 모시기 쉽고 살피기 쉬운 곳이어야 한다.

2) 햇볕이 잘 들고 밝으며 조용한 곳으로 택한다.

3) 출입에 편하고 욕실, 화장실, 식당, 거실 등의 이용에 편리해야 한다.

4) 어른은 한냉의 기온에 민감하다. 실내의 냉, 난방을 잘 조절 하고, 환기를 하여 청정한 공기가 실내에 가득하게 한다.

5) 어른이 쓰시는 신변 잡품이나 일상용품들을 편리하게 갖추어드린다.

6) 항상 청소하고 정돈해서 깔끔하게 한다.

7) 즐기시는 비품, 서책들을 소중히 여기고 아껴야 한다.

8) 어른께서 즐겁게 지내시도록 거처나 쓰시는 물건들을 어른 대하듯 하고 모든 구석에 알뜰한 배려를 한다.

⑤ 출입할 때의 예절

고례에 보면 '출필고 반필면(出必告 反必面)'이라고 해서, "나갈 때는 반드시 말씀을 여쭈어 허락을 받고, 돌아와서는 반드시 뵙고 말씀을 드린다.”고 하여 출입 예절에 있어서의 원칙을 세웠다. 현대라고 해서 어른을 모시는 사람의 ‘출필고 반필면’의 출입 예절이 필요 없다고는 하지 못할 것이다.

(1) 아랫사람이 출입할 때

1) 집에서 나가고 돌아오는 것은 어른 곁을 떠나고 돌아오는 것이므로 깍듯한 예절이 따라야 한다.

2) 집을 나갈 때는 어른 앞에 공손히 앉거나 공수하고 서서 무슨 일로 어디에 나가겠다고 여쭌 다음에 나간다.

3) 외출하겠다고 여쭐 때는 소용되시는 것이 무엇인지를 여쭙는 것이 좋다.

4) 퇴근이나 하교, 기타 잠시의 외출에서 돌아오더라도 반드시 어른을 뵙고 다녀왔음을 여쭈며, 밖에서 있었던 일을 말씀드려 즐겁게 해 드린다.

5) 집 밖에서 밤을 지내고 들어오면 반드시 절하고 뵙는다.

6) 오랜 여행에서 돌아왔더라도 반드시 어른을 먼저 뵙고 밖에서 있었던 일로 화제를 삼아 말씀을 여쭙는다.

7) 특히 먼 거리의 오랜 여행 끝에는 어른에게 조그마한 것이라도 선물을 드려 즐겁게 해 드린다.

8) 자손의 출입에 대해 조금이라도 궁금하심이 없도록 배려한다.

1) 나가실 일이 있으면 나들이에 필요한 모든 것을 불편 없이 챙겨 드린다.

2) 가시는 목적이 경조사에 인사하시는 일이나 특별한 방문이면 부조금, 선물 등을 준비해 드린다.

3) 낯선 곳이나 길을 가실 일이면 직접 모시고 가거나 실수하지 않으시도록 대비한다.

4) 교통비, 용돈이 있으신지 여쭙고 부족하지 않도록 드린다.

5) 나가실 때는 잠시의 나들이라도 문밖까지 나가서 배웅하고 보이지 않을 때까지 서서 살핀다. 만일 차를 타고 가시면 차를 타시는 것을 확인하고, 그 차가 보이지 않을 때까지 서서 살핀다.

6) 복잡하거나 먼 길을 가셨을 때는 행선지에 조회해 무사히 도착하셨는지 확인한다.

7) 돌아오시는 기척이 나면 문 밖까지 나가서 맞는다.

8) 밤을 지나서 돌아오셨으면 절하고 뵙고, 그간에 집안에서 있었던 일을 자상하게 여쭙는다.

(3) 어른을 모시고 나들이할 때

1) 어른을 인도하는 위치는 어른의 우측 2~3보 앞이고, 뒤에 따를 때는 어른의 우측 2~3보 뒤에서 걷는다.

2) 위험한 곳을 걸을 때는 아랫사람이 위험한 쪽에서 걷는다.

3) 차를 탈 때는 안전하면 어른이 먼저 타시게 하고 위험하면 아랫
사람이 먼저 탄다.

4) 어른이 짐을 들지 않으시도록 하고, 힘 드는 곳이나 계단에서
는 부축해드린다.

5) 어른의 걸음 속도에 맞춰서 걷는다. 너무 앞서서 걸음을 재촉
하거나 너무 지쳐서 기다리게 하지 말 것이다.

6) 어른을 모시고 다닐 때의 지출은 아랫사람이 한다.

7) 길을 묻거나 행선지에서 누구를 찾는 일은 아랫사람이 한다.

8) 출입하는 문은 반드시 아랫사람이 열어드린다.

9) 어른이 기다리시는 일이 없도록 아랫사람이 알아서 대비해야
한다.

6. 직장예절(職場禮節)

1. 직장생활의 예절

(1) 올바른 직업의식

　모든 직장인이 각기 맡은 바 직무를 성실하게 그리고 능률적으로 수행할 때 전체 직장의 발전은 물론 직장인 각자도 보람 있는 생활을 영위할 수 있다. 사람의 모든 행동이 마음가짐에 따라 이루어지듯이 직장 생활 역시 직장인의 마음가짐에 따라 성패가 좌우된다. 마음가짐이란 일에 임하는 가치관을 말한다. 다시 말해 직장 생활은 직업관과 깊은 관련을 맺고 있다. 요컨대, 바람직한 직장 생활은 직장인의 올바른 직업관이 정립될 때 비로소 이루어진다. 요즈음 우리 사회에서는 더럽고(dirty), 힘들고(difficult), 위험한(dangerous) 일은 하지 않으려는 이른바 3D 업종 기피 풍조가 만연하고 있다. "직업에는 귀천이 없다."는 고전적 직업관을 가지고 이것저것 가리지 않고 열심히 일하는 사람들이 볼 때 금석지감(今昔之感)을 느끼지 않을 수 없을 것이다. 물론 깨끗하고, 쉽고, 편안한 것을 좋아하는 것은 인지상정이다. 문제는 3D업종 기피 풍조로 인해 직업으로 사람을 평가하는 풍조가 만연되고, 더 나아가 기피하는 이 분야에서 국가 경쟁력이 떨어지는 데 있다. 이런 어유로 올바른 직업윤리 의식이 무엇인지 살펴보고자 한다.

(가) 직업을 특정한 가치를 얻어내는 수단으로만 생각한다면 어떠한 직업에서도 만족을 느낄 수 없다. 직업은 인생의 목적을 성취시켜 주는 수단이기도 하지만 한편으로는 직업 활동 자체가 곧 인생의 목적이다.

(나) 일정한 직업에 오래도록 종사하려는 마음가짐이 필요하다. 말하자면 하늘의 뜻에 따르고 하늘이 나에게 준 직업에 최선을 다하겠다는 천직의식을 가져야 한다.

(다) 모든 직업은 평등하다는 가치관이 필요하다. 어떤 직업이든 그 나름대로 국가 사회에 기여하는 바가 있다.

(라) 직업은 경제적 수단일 뿐 아니라 일을 통한 자아 발견 및 실현의 터전이다. 배움을 통하여 자아를 발견하고 실현함으로써 마음껏 보람을 느끼고 멋진 인생을 꾸려간다.

(2) 올바른 직장 예절

(가) 예절의 필요성

인간이란 글자 그대로 '더불어 사는 것'이고, 더불어 산다는 것은 대인관계를 갖는다는 말이다. 대인관계가 원만하려면 서로 상대방의 생활방식을 이해하든지 아니면 생활방식이 같아야 한다.

이솝의 우화에서 늑대가 황새에게 음식을 대접하는데 국물을 접시에 담아서 상을 차렸더니 주인인 늑대는 먹을 수 있었지만 손님인 황새는 부리가 길어 먹지 못했다는 이야기가 있다. 그리고 이것은 예절의 본질과 예절의 필요성을 인식하는데 좋은 본보기가 된다.

예절(禮節)은 인간이 수천 년을 살아오면서 인간관계를 원만히 하고 사회생활을 원활하게 하기 위해 인간과 신(神)과의 제사(祭祀)라는 종교의식 속에 행했던 제례(祭禮)에서 비롯된 지혜의 산물로서, 신에게 예(禮)를 드리듯이 인간에게도 예로써 대하여야 한다는 관습적 생활 규범이다. 예의(禮儀)는 인간과 인간의 교류에 있어서 서로 상대방에게 갖추어야 할 존경의 표시로서 말투나 몸가짐이나 행동 따위를 말하며, 이러한 정해진 꼴을 범절(凡節)이라 일컫는다. 예절이란 예의범절(禮儀凡節)을 줄인 말이다.

이와 같은 예절은 대인관계에서 공통적으로 이해되는 방법, 즉 관습적으로 이루어지는 사회 계약적 생활규범이므로 사람이 인간으로서의 자기 관리와 사회인으로서의 대인관계를 원만하게 하기 위해서 필요하다.

직장예절은 직장 사회에서 요구하는 조직의 목표와 규범에 맞추어 직장인으로서의 자기관리와 대인관계를 공동목표의 성취를 위한 방향으로 이루어 나가기 위한 것으로 더욱 엄격하다. 직장예절은 개인예절을 바탕으로 한 가정예절의 연장선상에 있으므로 기본예절과 개인예절, 가정예절 및 사회예절 등을 완전히 체득하고 있어야 한다.

(나) 직장생활 예절

직장은 각기 인격을 인정받고, 사회인으로서의 권리와 의무를 함께 지니고 있는 사람들이 모여서 일하는 곳이지만, 여러 사람이 모여 생활하게 되므로 뜻에 맞지 않는 일도 있고 불쾌한 일도 생기게 된다. 공동생활에서 잘 어울리고 일의 능률을 올리는 사람은, 자기 태도에 주의하고 의사를 분명히 하며 원만한 대인관계를 지니도록 노력하는 예의를 갖춘 사람이다.

① 인사의 예절

맑고 큰 소리로 먼저 인사하자. 아침에 출근했을 때 상사 동료 할 것 없이 "안녕하십니까?" "늦었습니다." 등의 인사말을 한다. 퇴근할 때에는 상사나 동료가 남아 있는 경우 시간이 다 되었다고 훌쩍 나와 버릴 것이 아니라 "먼저 실례합니다." 하고 퇴근하는 정도의 예의는 지켜야 한다.

인사할 때에는 밝은 표정으로 하자. 예의 바르면서도 밝은 표정, 경쾌한 동작은 자신을 젊고 신선하게 만들어 주는 중요한 예절이다.

상사가 부르면 즉시 일어서자. 상사의 부름을 받았을 때 "네" 하고 얼른 상사에게 다가가서 가볍게 고개 숙여 인사한다. 사환을 통하여 간접적으로 부름을 받았을 때는 "부르셨습니까?" 하고 부름을 받은 것을 확인한다. 별실인 경우에는 반드시 노크하는 것을 잊지 말아야 한다. 상사가 다가와서 지시를 할 경우는 즉시 일어서서 지시를 받도록 한다.

복도에서는 가볍게 인사하자. 복도에서 몇 번을 만나더라도 매번 가볍게 고개 숙여 인사를 해야 한다. 인사는 하면 할수록 친밀감을 주게 된다.

악수는 손윗사람이 먼저 청한다. 악수하면서 동시에 절을 하지는 않고 자세를 바로하고 상대의 눈을 바라본다. 여자와의 악수는 여자가 먼저 손을 내밀어 청하면 악수한다.

노고에 대한 인사를 하자. 상대방의 노고에 대하여 인사할 때, "수고했습니다." "고생하셨습니다."라는 표현은 윗사람이나 같은 동료가 고생한 사람에게 경의를 표하는 인사이다. 아랫사람 입장에서는 윗사람의 노고에 대하여 "고맙습니다." "감사합니다."라고 인사하는 것이 적절하다.

② 직장에서의 근무 예절

| 출근과 퇴근 |

일반적으로 회사의 근무 시간은 오전 9시에서 오후 6시까지로 정하고 있다. 이는 9시부터는 일을 시작하므로 근무 시작 전 일찍 출근하여 여유를 가지고 근무에 필요한 준비를 해야 하고, 또 오후 6시에 일을 마친다면 6시 이후부터 퇴근 준비에 들어가야 하는 것이다.

*주위 사람에게 밝고 친절한 인사를 먼저 한다. 서로 간의 정겨운 인사는 명랑한 직장 분위기를 이룬다.

*근무 복장이 따로 있으면 복장을 바꾸어 입고 주변 정리 등 근무 준비를 철저하게 한다.

*근무 시간이 끝난 뒤에 오늘 한 일을 점검하고 내일 할 일을 메모하면서 퇴근 준비를 한다.

*의자를 책상 밑으로 반듯하게 밀어 넣고 주변을 깔끔하게 정돈한다.

*퇴근 할 때 근무복 정리, 전등, 전열기, 환기 장치, 서랍, 문단속, 캐비넷 등을 점검한다.

*상사에게 보고하고 퇴근한다. 하루의 수고를 서로 위로하는 인사를 한다. 남아 있는 사람이 있으면 "도와주겠다." 라고 하든가, "먼저 퇴근하게 되어 죄송합니다." "부득이한 약속이 있어 먼저 퇴근합니다."라는 인사를 한다.

| 지각과 조퇴 |

*아침 시간은 매우 중요하다. 아침 조회나 회의 등을 통해 상사로

부터 지시나 명령을 받고 부서간의 업무 협의가 주로 이루어진다. 지각할 경우 반드시 직장에 연락해야 한다. 먼저 사과와 함께 사유를 간단히 말하고 출근 예정 시간을 보고한다.

*지각하게 되었을 때 거래처 전화나 내방 손님이 있을 경우에는 동료에게 협조를 요청하여 사전 조치를 취한다.

*상사는 물론, 동료에게도 늦어서 죄송하다고 인사를 한 뒤 자기 자리에 앉는다.

*조퇴할 경우에는 업무 마무리에 최선을 다하며, 하던 일은 상사의 지시를 받아 마무리를 하고 간다.

|휴가와 결근|

사원의 갑작스런 결근이나 휴가는 업무에 막대한 지장을 가져다준다. 결근이나 휴가를 해야 할 경우에는 사전에 승낙을 받도록 하고 사후에는 꼭 결근계를 제출하도록 한다.

| 이석과 외출 |

근무 중 자리를 뜰 때에는 반드시 상사나 옆자리에 있는 사원에게 행선지와 용건, 소요 시간 등을 분명히 말해야 한다. 오랜 시간 멋대로 자리를 비우는 것은 업무의 흐름을 중단시키는 행위이며 용납되지 않는다. 적어도 30분 이상 자리를 비울 때는 책상 위를 말끔히 정리해야 한다. 외출시간이 지연되면 그 사유를 전화로 연락한다. 일을 끝내고 집으로 귀가할 때는 반드시 회사에 전화를 걸어 활동 사항을 보고하고 회사로부터 긴급 지시 사항이 있는지도 확인한다.

| 출장 |

출장이란 회사를 대표하여 회사의 직무를 수행하기 위하여 목적을 가지고 떠나는 여행이다. 출장을 떠나기 전에 목적을 정확하게 파악하고 사전에 치밀한 계획을 세운다. 일정표 작성, 업무 수행에 필요한 서류나 지식을 준비한다. 상사나 동료의 의견이나 도움을 청하는 것이 바람직하다. 출장지에서는 숙소 연락처. 업무 진행 정도, 중간 변경 사항 등을 중간보고(수시 보고)하는 것이 좋다. 출장에서 돌아오면 우선 상사에게 구두나 전화로 보고하고 차후에 공식 보고서를 제출해야 한다. 출장이나 사외 근무를 빙자하여 통상 업무를 지체하거나 남에게 미루는 일이 없도록 한다.

| 휴식, 점심, 음료 등의 예절 |

정해진 휴식시간, 점심시간이라도 하던 일을 마치고 주변을 정리한 다음 남에게 방해되지 않는 범위 내에서 휴식, 점심식사를 한다. 다시 근무에 임할 때는 아침 출근 때와 같이 한다.

(3) 올바른 회의

(가) 회의란 무엇인가?

회의란 여러 사람이 같은 목적을 놓고 의견을 교환해 하나의 결론을 얻어내는 대화의 방법이다. 하나의 주제를 놓고 여러 사람이 의견을 말하고 때로는 상대방을 설득하고 이해를 구해야 하기 때문에 회합 및 일반 대화와는 달리 엄격한 질서가 요구된다. 직장에서 회의는 업무의 방향을 설정하고, 이를 보다 원활하게 수행하며, 그 과정을 점검하는데 의의가 있다. 그렇게 하기 위해서는 회의(토의)는 어떤 사항을 결정한다는 목적이 뚜렷한 회합이므로 좋은 의견을 갖고 있다 하여 자기를 돋보이게 하는 것보다는 토론을 좋은 방향으로 이끌어 가려는 태도가 필요 한다. 회의는 명확한 이유나 근거가 있어야 하며, 충분한 의견 교환이나 응답이 되풀이 되어야 한다. 회의는 지식이나 경험, 의견의 교환이 적극적이어야 한다. 자기의 견해를 당당히 전개하며, 상대방의 의견을 세심한 주의를 기울여 듣는다 회의는 그 마무리를 정확하게 하여야 한다.

회합은 구성하는 멤버 각자가 그 회합의 리더십을 분담하고 있다는 점을 염두에 두고 체면치레 없이 의견을 진술하거나 들을 수 있는 의사 교환의 장이라는 점에서 회의와 다르다.

(나) 회의에 임하는 자세

*서로 경어를 쓴다.

*전원이 알아들을 수 있도록 말하고 의장에 대해서가 아니고 그룹을 향하여 의견이나 견해를 말한다.

*질문을 받고 나서 그 질문의 내용과 관계없는 답변이 되지 않도록 한다.

*어떤 책이나 자료 등에서 읽었거나 또는 남에게 전해들은 기억의 되풀이가 아닌 것, 즉 자기가 충분히 이해하고 있는 것을 표현하도록 한다.

*개인의 인격을 손상시키는 발언을 해서는 안 된다.

*옆 사람과 귓속말을 주고받지 않는다.

*무리하게 자기 의견만을 주장하지 않는다.

*발언의 차례가 정해져 있는 경우 이를 반드시 지키도록 하며, 차례가 정해져 있지 않더라도 윗사람이나 상사의 발언이 끝나기를 기다려 자기의 의견을 말하도록 한다.

*남의 말을 가로막거나 중단시키는 행위는 삼가야 한다.

*혼자서 너무 오랫동안 발언하지 말고 여러 사람이 의사를 개진할 수 있도록 배려한다.

*발언 중에 이의가 나오면, 의장의 사회에 따른다.

(다) 의장이 알아둘 일

*의장은 대표자로서의 권위를 갖추어야 하고, 회의를 성공적으로 진행시킬 책임이 있다.

*의장은 모든 회의 규칙이 잘 지켜지도록 하면서 회의를 신속하고도 원만하게 진행하여야 한다.

*의사 진행의 주역인 의장은 우선 오늘의 회의는 어떤 목적에서 열리며 어떤 의제가 있으며 어떻게 진행 시켜야 하는가를 미리 잘 알아두어야 한다.

*모든 의안은 신속하게 처리하되 정당한 절차를 밟는다.

*회의의 모든 규칙과 예의를 지켜야 한다.

*회의 중 회원들이 아무리 흥분하더라도 냉정을 유지하고 회원들을 진정시켜야 한다.

*부드럽고 여유 있게 회의를 진행시키며, 소심한 회원에게는 용기를 주도록 하고, 지나치게 발언을 많이 하는 회원은 이를 적절히 억제시킨다.

| 의장의 말솜씨 |

진지한 말은 사람의 마음을 두드리며, 열의가 넘치는 말은 사람을 움직인다.

*의장은 회원의 존경과 신임을 받을 수 있는 인격과 관용의 태도를 갖도록 한다.

*성실하게 직무를 수행하는 모범을 보인다.

*의장은 경험, 식견, 자신감이 있어야 한다.

*겸양심을 가지고 회원들의 인격을 존중한다.

*인내심을 가지고 회의를 온화하게 진행한다.

*공정성을 가져 모든 회원들의 신뢰를 받도록 한다.

*적절한 유머를 사용하여 회의 분위기를 화기애애하게 이끌고, 회원 상호간의 화합을 도모한다.(심리학자, 연기자 역할)

(라) 회원이 알아둘 일

| 회원의 기본 태도 |

*단체의 목적과 활동 내용을 이해하고 단체의 여러 규칙과 회의 진행규칙을 알고 있어야 한다.

*어떤 의안에 대해서나 명확한 판단과 분명한 태도를 가져야 하며, 자기의 발언에 대해 책임을 져야 한다.

*회원의 권리: 의안 제의권, 발언권, 결정 참여권.

| 발언할 때의 주의 점 |

*의장의 허가를 받아야 한다.

*같은 의제에 대하여 한 회원이 여러 번 발언하거나, 발언 시간이 너무 긴 것은 좋지 않다.

*제출한 의안이 무엇을 어떻게 하고자 하는 것인지를 분명히 인식시키도록 해야 한다.

*현재의 불합리한 점을 제시하면서 새 의안을 제출하게 된 동기를 설명한다.

*자기의 제안이 채택, 실행되면 어떤 점이 어떻게 개선될 것인지 예상되는 결과를 밝힌다.

*제출한 의안이 가지고 있는 단점과 이를 보완할 수 있는 방안까지 설명한다.

*의견을 발표할 때에는 먼저 결론을 말하고 나서, 그 이유를 설명하는 것이 효과적이다

*발언의 요점이 잘 전달되도록 내용에 유의하여야 한다.

*반대 입장도 충분히 고려하여 자신의 의견을 미리 조정하는 것이 좋다.

*의견은 신념을 가지고 발표하되 감정적은 안 된다.

2. 예절 바른 몸가짐

예절은 마음만 있어서는 안 되고 반드시 그 마음을 상대편에게 인식

시키는 말과 행동이 따라야 한다. 서로가 자기의 마음을 상대편에게 인식시키는 것을 의사소통이라 하는데 의사소통 수단인 말과 행동은 미리 정해 놓은 방식으로 하지 않으면 안 된다.

　정해 놓은 말이 언어의 격식이고, 정해 놓은 몸놀림이 행동의 격식이다. 여기에서는 예절의 실제를 전달시키는 의사소통의 수단인 예절의 격식을 알아보기로 한다.

(가) 고전의 구용(九容)

足容重　手容恭　目容端　口容止　聲容靜　頭容直　氣容肅　立容德
色容莊
　　　　　　　　　　　　　　　　　　　　　　　　　　　　- 小學

*발을 옮겨 걸을 때는 무겁게 해야 하나 어른의 앞을 지날 때와 뜻을 따를 때는 민첩하게 한다.

*손은 필요 없이 움직이지 않으며 일이 없을 때는 두 손을 모아 공손하게 공수한다.

*눈은 단정하고 곱게 떠서 지긋이 정면을 본다.

*말하지 않을 때 입은 조용히 다물어야 한다.

*말소리는 나직하고 조용하게 해야 한다.

*머리를 곧고 바르게 가져 의젓한 자세를 지킨다.

*호흡을 조용히 고르게 하고 안색을 평온히 하여 기상을 엄숙하게

갖도록 한다.

 *서 있는 모습은 그윽하고 덕성이 있어야한다.

 *얼굴 표정은 항상 명랑하고 씩씩하게 갖는다.

 이상은 소학과 율곡 이이의 격몽요결에 나오는 것으로 우리 조상이
몸가짐의 기준으로 삼은 아홉 가지의 모습이다.

(나) 서는 자세

 몸을 정결하게 하고 옷맵시를 깔끔하게 했더라도 몸가짐이 예의에
어긋나면 아무런 가치가 없다. 선 자세는 모든 자세의 기본이 되므로
가장 중요하다.

 *발은 편하게 약간 옆으로 벌리는데 앞뒤로 엇갈려서는 안 된다.

 *무릎과 엉덩이, 허리를 자연스럽고 곧게 편다.

 *몸의 체중을 두 다리에 고르게 싣는다.

 *두 손은 앞으로 모아 공수한다.

 *가슴을 내밀거나 뒤로 젖히지 말고 자연스럽게 편다.

 *어깨는 수평이 되게 반듯하게 해서 앞으로 굽히거나 뒤로 젖히지
않는다.

 *고개는 반듯하게 들고 턱을 자연스럽게 갖는다.

*눈은 곱게 떠서 시선의 촛점을 자기의 정면에 둔다.

*입은 자연스럽게 다문다.

(다) 앉는 자세

*어른의 정면에 앉지 않고, 남자는 어른의 왼쪽 앞, 여자는 어른의 오른쪽 앞에 앉는다.

*실내의 장식을 가리지 않고 충분한 공간을 두고 앉는다.

*어른께서 앉으라고 말씀해야 앉는다.

*먼저 왼 무릎을 꿇고 다음에 오른 무릎을 꿇어앉는다.

*두 손을 가지런히 펴서 무릎 위에 얹거나, 공수한 손을 남자는 중앙에, 여자는 오른쪽 다리 위에 놓는다.

*어른께서 편히 앉으라고 말씀하면 편히 앉는다.

*벽에 기대앉지 않으며 비스듬히 앉지 않고, 다리를 뻗고 앉아도 안 된다.

*의복이 앉은 주위에 넓게 펼쳐지지 않도록 갈무리한다.

*자세를 바르게 하고 시선은 앉은키의 2배의 바닥에 둔다.

*앉기 전에 손으로 방석을 당겨 무릎 밑에 반듯하게 넣으면서 방석 위에 무릎을 꿇는다. 이때 방석을 발바닥으로 밟아서는 안 된다.

*방석의 중앙에 방석이 구겨지지 않도록 곱게 앉되 발끝이 방석의 뒤끝에 걸쳐지게 한다.

*일어날 때는 무릎을 들고 두 손으로 방석을 제자리에 밀어 놓도록
한다.

걷는다는 것은 바르게 선 자세에서 발을 움직여 위치를 옮겨 가는 것
이다.

| 걷기의 기본자세 |

*몸의 중심은 바닥을 디딘 발에 얹는다.

*몸은 흔들지 않고 발만 옮긴다.

*양 팔은 자연스럽게 흔들거나 앞으로 모아 공수한다.

*발바닥이 보이지 않게 바닥과 평행이 되게 걷는다.

*발바닥을 바닥에 닿게 할 때는 앞과 뒤가 동시에 바닥에 닿도록 놓
는다.

*발끝을 벌리지 말고 일직선의 양 옆에 놓이도록 곧게 걷는다.

*옷이 펄럭이지 않게 여미며 걷는다.

*뛰거나 허둥대지 말고 조용히 물이 흐르듯이 걷는다.

| 실내에서 걷는 자세 |

*보폭을 옥외에서 보다 좁게 한다.

*발자국소리가 나지 않게 걷는다.

 *여자가 한복을 입었을 경우에는 발끝으로 치맛자락을 차듯이 밀며 걷는다.

 *남녀가 함께 계단을 오를 때는 남자가 먼저 오른다.

방안 출입의 기본자세

 *인기척을 낸다. 노크, 기침이나 말로 방안에 있는 사람에게 양해를 구한다.

 *문을 열고 닫을 때는 어깨, 등, 발을 쓰지 말고 가능하면 두 손으로 한다.

 *두 손에 물건을 들었을 때는 물건을 내려놓고 손으로 문을 열고 닫는다.

 *문턱(문지방)을 밟지 않는다.

 *방안에 있는 사람에게는 될 수 있는 대로 뒷모습을 보이지 않도록 한다.

 *문은 소리 나지 않게 열고 닫으며 발소리도 나지 않게 걷는다.

 *문을 너무 넓게 열지 말고, 문을 열어놓은 채 다른 일을 하지 않도록 한다.

 *문을 열 때는 열리는 쪽을 막지 않는 위치에서 연다.

 *여닫이문을 열 때는 문 가까이에서 열고, 미닫이문을 열 때는 떨어져서 연다.

*미닫이문을 열고 닫을 때는 두 손으로 잡아당겨 열고 닫는다.

*다른 사람과 함께 출입하게 될 때는 상대에게 먼저 들고 나도록 양보한다.

(마) 기거동작

기거동작이란 어른 앞에서의 몸가짐을 말하는 것이다.

*어른보다 편한 자세를 취하지 않는다.

*어른보다 높은 곳에 위치하지 않는다.

*어른에게 뒷모습을 보이지 않는다.

*어른의 말씀이 유익하면 3번 정도 사양하다가 감사하며 따른다.

*어른의 말씀이 불리한 내용이면 말씀하기가 무섭게 실천한다.

(바) 표정(表情)

표정은 마음의 창이며 심정의 분화구이다.

표정은 바로 마음의 거울이기 때문에 표정을 보면 그 사람의 마음을 읽을 수 있다.

*부드럽고 온화한 표정을 갖는다. 그래야 그늘이 없이 편하고 따뜻한 느낌을 준다.

*얼굴의 근육을 긴장시키거나 찡그리지 않는다. 딱딱하면 상대가

겁을 먹고, 찡그리면 추하게 보인다.

*눈을 곱게 뜨고 시선을 단정하게 한다. 눈을 치뜨거나 곁눈질을 하면 상대가 경계한다.

*입은 조용히 다물어 힘주지 않는다. 입에 힘을 주면 냉기가 돌고, 입을 벌리면 허술한 사람으로 보인다.

*턱은 자연스럽고 반듯하게 갖는다. 일부러 턱에 힘을 주어 당기면 실속 없이 젠 척하는 사람으로 보인다.

*억지표정을 짓지 않는다. 마음에 있는 대로 나타나게 해야지 억지 표정을 지으면 거짓같이 보인다.

*주위환경에 맞는 표정을 짓는다. 슬플 때는 슬픈 표정, 좋을 때는 기쁜 표정을 짓는다.

*갑작스럽게 표정을 바꾸지 않는다. 온건하고 담담한 표정이 사람을 진중하게 보이게 한다.

*얼굴색으로 가슴속을 보이고 눈빛으로 말을 한다. 다정한 표정, 진지한 눈빛으로 남을 편안하게 한다.

7. 음식예절(飮食禮節)

1. 음식예절

식사를 할 때는 우선 자세를 바르게 하고, 감사하는 마음, 즐거운 마음을 가져야 하겠다.

식사 예절의 개요는 다음과 같다.

*어른이 자리에 앉은 다음에 아랫사람이 자리에 앉는다.

*어른이 수저를 든 다음에 아랫사람이 수저를 든다.

*자기의 숟가락으로 다른 사람과 함께 먹는 음식을 젓거나 뒤적이지 않도록 한다.

*일단 한 번 집어 든 반찬은 단번에 한 입으로 먹는다. 베어 먹거나 다시 그릇에 놓지 않는다.

*사용하는 수저에 음식이 지저분하게 묻지 않도록 깨끗하게 먹도록 한다.

*입안에 든 음식이 밖으로 보이거나 튀어나오지 않도록 한다.

*식탁 위나 바닥에 음식을 흘리지 않는다.

*입에 든 음식에 이물질이 있으면 그 음식 전부를 뱉지 말고 이물

질만 골라낸다.

  *그릇이나 국그릇에 찌꺼기가 붙지 않도록 하며, 비벼 먹은 빈 그릇에는 물을 약간 부어 놓는다.

  *사람 앞에서는 이쑤시개를 쓰지 말아야 하지만, 부득이한 경우 한 손으로 가리고 외면하여 사용한다.

  *식사가 끝나더라도 윗사람이 일어나기 전에는 먼저 일어나지 않는다.

  *다른 사람과 같은 시간에 식사가 끝나게 조절한다.

  *먼저 식사를 끝내면 수저를 상위에 놓지 않고 식기 위에 올려놓았다가 모두 끝나면 상위에 내려놓는다.

2. 올바른 상차림

근래에 와서는 주로 온 가족이 같은 식탁에 앉아서 먹는 것이 보통이다. 따라서 식탁의 차림은 먹는 사람에게 편리하도록 차리는 것이 원칙이다.

  *밥은 먹는 사람의 왼쪽에, 국은 오른쪽에 놓는다.

  *수저는 먹는 사람의 오른쪽에 놓되 숟가락을 앞에, 젓가락을 그 다음에 놓는다.

  *간장, 고추장 등 공통 조미료는 식탁의 중앙, 또는 먹는 사람 앞에 놓는다.

*수육과 젓, 어회와 초고추장 같이 특정 음식과 관계된 조미료는 주된 식품과 가깝게 놓는다.

*국물이 있는 음식은 가깝게, 마른 음식은 멀리 놓는다.

*부피가 얇고 작은 것은 가깝게, 부피가 크고 많은 것은 멀리 놓도록 한다.

*한 그릇의 음식을 함께 나눠 먹는 음식의 경우에는 덜어 먹을 수 있도록 빈 접시를 놓는다.

*식어도 관계없는 음식은 미리 차리고, 뜨겁게 먹는 음식은 먹기 직전에 올린다.

*음식에서 나오는 생선가시나 고기 뼈 등을 담을 빈 그릇을 준비해 놓는다.

3. 다도(茶道)

옛날에는 산사의 승려나 선(禪)을 하는 사람들이 차를 마시기도 했지만 상용하지는 않았다. 차 대신 수정과나 식혜 등을 마셨고, 다식이나 과자류가 곁들어졌다.

그러나 현대 생활에는 여러 가지 차류를 마시는 것이 일상화되어 다과 예절의 중요성이 커졌다. 다과는 접대와 깊은 관계가 있으므로 사회생활에 필수적인 예절이 되고 있다.

① 차의 삼기(三奇)

*향(香) : 차를 탈 때부터 은근히 피어오르는 향기는 사악을 떨쳐 내게 하고 간사한 꾀를 버리게 하여 머리를 맑게 해준다.

이 향기를 더 잘 음미하기 위해서는 조심성 있게 오른손으로 찻잔을 잡고 왼손으로 받쳐 가슴까지 오게 하여 피어나는 향기를 즐겨야 한다. 좋은 향으로 사향(四香)이 있는데 진향(盡香), 난향(蘭香), 청향(淸香), 순향(純香) 등을 들 수 있다.

*색(色) : 좋은 물에 우러난 좋은 차의 색깔은 어머니의 머리에 꽂은 비녀나 낭자의 손가락에 끼운 반지의 비취 색깔이어야 하고, 얇은 구름에 드리운 맑은 하늘색이나 고려청자 같은 색깔이어야 한다. 차의 색깔은 마음을 물들이기 때문에 탁하고 어두우면 마음까지 어두워지기 쉽고, 맑고 은근한 색깔이면 맑고 여유 있는 마음이 된다.

*맛(味) : 차의 향기와 색깔을 충분히 음미한 뒤에 살며시 입술에 찻잔을 대고 빨려 들어온 차를 입안에 머금고 구강내의 얇은 점막에 그 맛이 스미게 된다. 서둘러 혀를 놀려 그 맛을 알려고 해서는 안 된다. 온 마음과 몸으로 느껴야 한다. 군자의 도락(道樂)이 그 속에 있기 때문이다.

옛날 사람들은 차 생활에 필요한 다구를 스물여덟 가지로 정했다.

그리고 다구는 신성한 기물이라 하여 다락을 만들어 따로 보관하기도 했다. 그러나 현대 차 생활에서 이 모두를 갖출 필요는 없다. 현대적인 차 도구들이 옛날 것보다 편리하고 다양하게 개발되어 있기 때문이다

② 현대의 차 생활 (차 우려내기)

1. 다구와 뜨거운 물을 준비한다.
2. 귀때그릇에 물을 담는다.
3. 찻주전자의 뚜껑을 열어 뚜껑받침 위에 올린다.
4. 예열을 위해 귀때그릇의 물을 찻주전자에 붓는다.
5. 찻주전자의 물을 찻잔에 붓는다.
6. 귀때그릇에 다시 물을 받아 식힌다.
7. 찻주전자에 차를 넣는다.

8. 식은 귀때그릇의 물을 찻주전자에 붓고 우린다.

9. 찻잔에 부어 놓았던 물을 개수그릇에 붓는다.

10. 차가 우러나면 찻잔에 따른다.

11. 찻잔을 받침위에 얹어서 낸다.

12. 향을 음미하며, 정성껏 마신다

③ 차를 대접하는 예절

*준비된 종류의 차를 말하고 "어느 차를 드시겠습니까?"하고 의견을 묻는다.

*차는 반드시 쟁반 위에 올려 가져간다.

*탁자 위에 차를 올릴 때는 쟁반을 탁자에 내려놓고 두 손으로 찻잔받침을 들어 손님 앞에 놓는다.

*찻잔의 손잡이가 손님의 오른쪽으로 가게 한다.

*찻숟가락은 손잡이가 손님의 오른쪽으로 가게 찻잔의 앞, 손님 쪽에 놓는다.

*손님이 차를 다 마시면 빈 잔을 오래 두지 말고 즉시 치운다.

*손님의 바로 앞에서 뒷모습을 보이지 않는다.

④ 차를 마시는 예절

*반드시 고맙다고 인사한다.

*찻숟가락으로 설탕 등 첨가물을 넣고 저은 다음에 찻잔의 뒤에 놓는다.

*첨가물 그릇의 뚜껑을 열 때는 뚜껑의 아래쪽이 바닥에 닿지 않도록 젖혀놓았다가 다시 덮는다.

*찻숟가락이나 찻잔이 부딪치는 소리가 나지 않도록 조심한다.

*홀짝이는 소리가 나지 않도록 해야 하며, 불거나 찻숟가락으로 떠서 마시지 않는다.

*물을 마시듯 꿀꺽꿀꺽 마시지 말고, 앞에서 말한 삼기(三奇)를 만끽하며 조금씩 마신다.

*다 마시고 나면 찻잔을 받침에 반듯하게 올려서 조금 앞으로 밀어놓는다.

*반드시 "잘 마셨습니다."라고 인사한다.

8. 옷차림 예절

1. 올바른 옷차림

옷은 체온 유지, 신체 보호와 아름다움을 추구하는 기능 외에도 수치스러운 곳을 가리는 예절적인 측면도 있다. 따라서 옷은 이러한 목적에 맞도록 입는 것이 원칙이며, 이것이 옷차림 예절의 기본이다.

사람이 사회생활을 영위하는데 있어 옷차림은 중요한 부분을 차지하고 그 사람의 사람됨을 나타낸다는 점에서 특별한 관심을 가지지 않을 수 없다. 특히 주의해야 할 점은 다음과 같다.

| 조상들의 옷차림 예절 |

*조상들은 옷을 바르게 입고 사람을 대하는 것을 마땅한 도리로 여겼다.

*아무리 친한 사이라 해도 의관을 단정히 갖춘 후에야 손님을 맞이했다.

*집에 혼자 있을 때에도 속옷차림은 예의에 어긋나는 일이라고 생각했다.

2. 현대의 옷차림 예절

*깨끗하고 단정한 옷차림 : 헌 옷이라도 정갈하게 입도록 한다.

*형편에 맞는 옷차림 : 연령과 직업, 경제력 등 형편에 맞게 입는다.

*때, 장소, 용도에 맞는 옷차림 : 즐거운 잔치나 엄숙한 장례식에 맞게 입어야 한다.

*과도한 노출 삼가 : 신체를 외부에 직접 노출할 경우에 노출 부위를 잘 고려한다.

*격식에 맞는 옷차림 : 와이셔츠를 입었으면 넥타이를 매야하고 청바지에 양복은 맞지 않는다.

*개성과 사회성의 조화 : 개성 있는 차림은 신선함을 주지만 지나친 파격과 사치스러움은 좋지 않다.

3. 한복의 구조와 명칭

한복은 쭉 뻗은 직선과 부드러운 곡선이 조화를 이룬 우리나라의 전통 의상이다. 여성의 경우에는 짧은 저고리와 넉넉한 치마로 우아한 멋을 풍겼으며, 남성은 바지저고리를 기본으로 조끼와 마고자로 멋을 냈다.

| 여자 한복 |

*저고리는 길, 소매, 깃, 동정, 고름으로 구성되어 있으며, 여자의 경우 끝동이 달리기도 한다.

*바지는 치마와 단속곳 속에 입는 속바지로 되어 있다.

*치마는 유동적인 곡선미가 뛰어난 옷으로 허리부분에서 잘게 주름을 잡아 볼륨을 살려준다.

| 남자 한복 |

마루폭과 큰사폭, 작은사폭, 허리로 구성되어 있고 허리띠와 대님을 매어 입는다.

| 한복 입는 법과 보관 요령 |

(1) 여자 한복

*속바지, 속치마는 물론 고무신까지 갖춰야 한다. 치마 허리끈을 맬 때는 왼쪽 허리끈을 오른쪽 어깨 끈 밑으로 넣어 치마의 겉 자락이 왼쪽으로 여며지게 한다.

*저고리의 기장은 너무 짧게 하지 않아야 하며 옷고름을 맨 길이가 팔을 내렸을 때 손가락 끝에서 20cm 가량 길게 나란히 늘어지도록 한다.

*버선은 수눅(꿰맨 솔기)의 방향이 오른발은 오른쪽으로, 왼발은 왼쪽으로 가도록 양쪽으로 잘 잡아 당겨 맵시 있게 신는다.

*미혼일 때는 다홍치마에 노란 저고리, 약혼했을 때는 연분홍 치마저고리, 결혼했을 때는 옥색 저고리에 남치마를 입는다.

1. 짧은 고름은 위로, 긴 고름은 아래로 가도록 맨다.

2. 위쪽으로 뺀 고름을 삼각형 모양으로 고리를 만든다.

3. 긴 고름으로 고를 내어 삼각형 안쪽으로 접어 넣는다.

4. 고름의 아래 위를 팽팽히 잡아당겨서 3~5cm 차이를 두고 정돈한다.

5. 바르게 고름을 정돈한다.

6. 수시로 고름을 정돈한다.

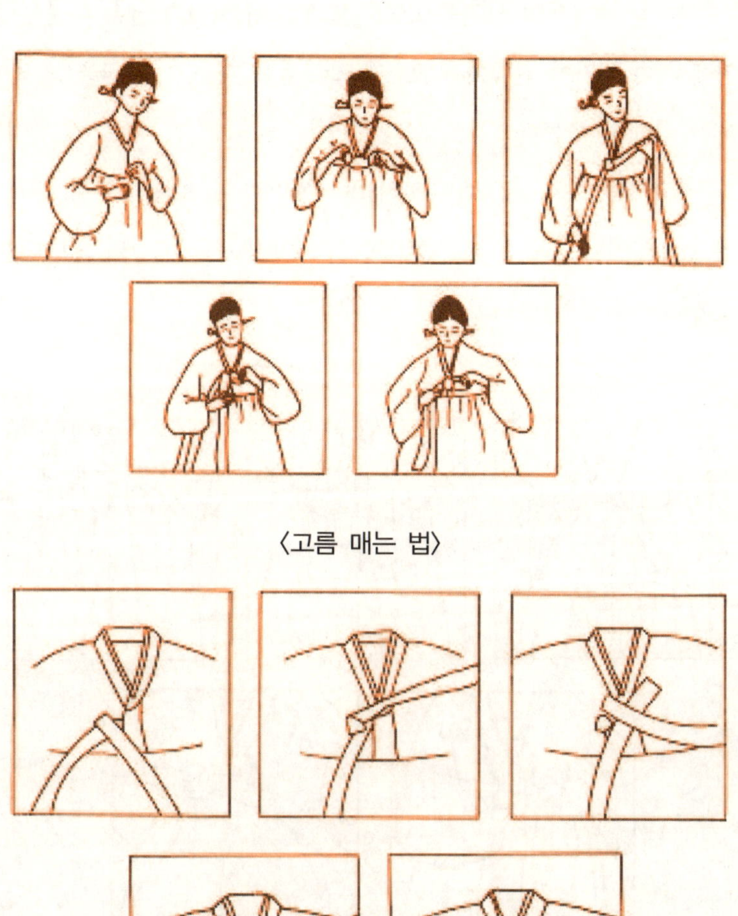

〈고름 매는 법〉

(2) 남자 한복

*바지는 큰사폭이 오른쪽으로 가게 입으며 허리의 남은 부분은 중앙에서 마주 잡아 왼쪽에서 오른쪽으로 접은 다음, 허리끈을 그 위에 둘러 앞에서 묶는다.

*저고리는 조끼 밑으로 빠지지 않게 주의하여야 하며 특히 마고자의 소매끝이나 도련 밑으로 저고리가 보이지 않도록 한다. 마고자와 조끼는 여름철이 아니면 반드시 입어야 한다.

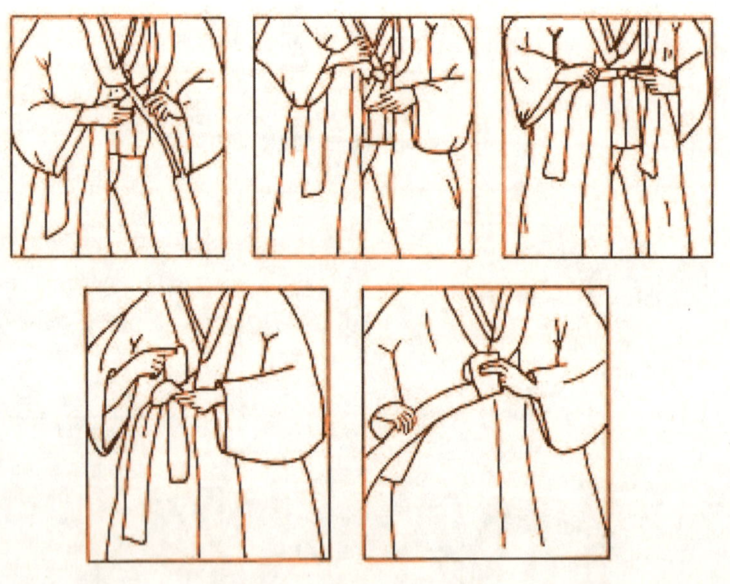

*두루마기는 남자의 의례적인 옷이므로 외출할 때는 반드시 입고, 머플러는 단정히 매는 것이 예의이다.

〈대님 매는 법〉

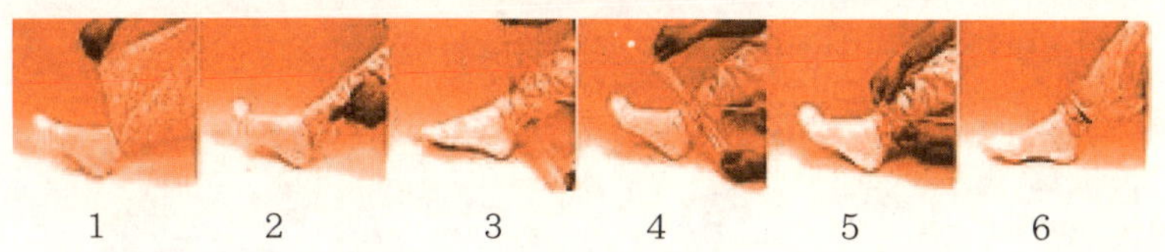

1   2   3   4   5   6

1. 안쪽 복사뼈에 바지의 마루폭 선을 댄다.

2. 바깥쪽으로 돌려 싸서 안쪽 복사뼈에 끝을 댄다.

3. 대님을 한바퀴 감아 안쪽에서 끝을 맞춘다.

4. 두 번 돌려 안쪽 복사뼈위에 매듭을 묶는다.

5. 나비 리본모양으로 예쁘고 편하게 묶는다.

6. 바르게 맨 대님의 모양.

| 한복의 보관 요령 |

(1) 여자 한복

1. 고름은 깃 위에 포개 놓는다.

2. 안쪽 소매는 깃 폭으로 접는다.

3. 치마는 네 겹으로 폭을 절반으로 접는다.

(2)남자 한복

1. 양소매는 진동에서 접어 포개고 아랫길은 깃이 접히지 않게 소매위로 접어 올린다.

2. 한복은 되도록 크게 접어 넓은 상자에 보관한다.

3. 바지는 두 가랑이를 반으로 접는다.

9. 사회예절(社會禮節)

예절은 사회에서 살아가는 데에 계약적인 성격을 띤 생활을 말하는
규범이기 때문에 상대와의 관계에서도 예의를 지키는 일이 필수적이
라고 할 수 있다.

1. 소개 인사

소개를 할 때는 아랫사람을 윗사람에게, 남자를 여자에게, 친한 사
람을 친하지 않은 사람에게 소개하는 것이 예의이다. 그리고 한 사람
을 여러 사람에게 소개하는 것이 순서이다.

자신을 소개할 때는 성과 이름까지 밝히고 간결하면서도 분명하게
말하도록 한다. 간단한 인적 사항을 물으면 분명하게 대답하는 것이
좋다.

상대의 명함을 받았을 때는 반드시 자기의 명함도 건네도록 하고,
명함이 없을 때에는 양해를 구할 것이며, 상대가 꼭 필요하다고 하면
깨끗한 종이에 적어서라도 건네도록 한다.

2. 초대 및 방문시의 예절

 방문 시 특히 신경 써야 할 것은 시간에 대한 에티켓이다. 어떤 경우이든 시간을 지킨다는 것은 중요한 일이겠지만 특히 방문에 있어서는 약속을 한 시간에 필히 도착하고자 하는 마음 자세가 중요하다.

먼저 상대방의 형편에 따라 미리 약속을 정한다. 시간 약속을 하지 않고 방문하는 것은 매우 특별한 경우에 한하며, 사전에 시간 약속을 해 놓는 것이 에티켓이다. 방문에 가장 적당한 시간은 오후 4시~6시 사이이다. 그러나 반드시 미리 상대방의 편리한 시간을 알아보고 방문시간을 약속하는 것이 예의이다.

방문 시에는 현관에서 인사를 하고 일단 집으로 들어서면 모자나 레인코트 등은 벗어야 하며, 장갑이나 외투는 꼭 벗지 않아도 되나 시간이 걸리는 방문 시에는 벗는 것이 예의이다.

벗은 외투나 장갑은 현관에 놓고 실내에 들어가는 것이 좋다.

실내에 들어서면 이곳저곳 기웃거리는 일은 삼가고 주인이 권하는 자리에 앉도록 한다. 만일 먼저 온 여자 손님이 있으면 남자 손님은 여주인이 앉기를 권할 때까지 서 있는 것이 에티켓이다.

처음으로 방문한 경우 15~20분 정도의 대화시간이 가장 적당하나 꼭 그만큼의 시간이 아니더라도 되도록 짧은 시간 내에 용건을 마치고 일어서는 것이 좋다. 여러 사람과 방문한 경우 주인을 혼자서

독점하듯이 긴 시간 이야기 하는 것은 곤란하며, 방문 중 주인의 다른 손님이 찾아왔을 때는 당황해 하지 말고 차후의 방문의사나 명함을 남기고 나서도록 한다.

떠날 때는 일어서서 정중하고 짧게 작별인사를 하는 것이 예의이다. 너무 길게 작별인사를 늘어놓아 주인이 오래 서있는 일이 없도록 주의한다.

3. 경사 및 조사의 예절

① 수연(壽宴)

회갑연이나 칠순잔치는 자손들이 부모의 장수를 축하하고 더욱 오래 사시기를 기원하여 베푸는 잔치다. 따라서 분에 넘치는 잔치는 오히려 걱정을 끼친다. 그러므로 계획을 세워 쓸데없는 지출이 없도록 해야 한다.

주로 가까운 친지와 친척을 초대하는 것을 원칙으로 하고, 평소에 부모님과 사이가 좋지 않은 분이 있다면 이날 초대하여 화해의 자리를 마련하는 것도 뜻 깊은 일이 될 것이다.

초대장을 보낼 때에는 우편으로 보내도 되고, 웃어른께는 되도록 자손들이 직접 전하도록 한다.

부모님이 함께 해로한 경우에 수연을 맞게 되면 두 분에게 똑같이 선물을 해야 한다. 조부모님이 살아계신다면 그분들 것도 준비해야 하고, 보통 의류나 침구 등을 선물해드리면 된다.

② 백일 및 돌잔치

백일이나 돌이나 손님을 치르게 되면 가까운 친지들이 많이 모이게 되어서 지나치게 번거로워지는데, 그러다보면 아기 에겐 오히려 소홀히 하게 되는 경우가 있다. 아기를 위한 잔치이니 가까운 친척들만 초대해서 조촐하면서도 뜻 깊고 정성이 깃든 자리가 되도록 해야 한다.

③ 결혼의 예절

결혼 날짜는 두 집안의 형편 또는 손님들의 편의를 고려하여 정하는 것이 보통이다. 농촌이라면 농한기를 택하는 것이 좋고, 너무 더운 때나 추운 때는 피하는 것이 좋다.

두 집안이 잘 상의하여 날짜를 잡되 가급적이면 신부 측에 일임하는 것이 좋다. 결혼식 날짜와 신부의 생리일을 참작해야 하기 때문이다. 부득이한 사정으로 생리일과 겹칠 경우에는 의사와 의논해서 약으로 조정하는 방법도 있으니 참고하기 바란다.

요즘은 장삿속이라고 손가락질을 받을 만한 결혼식도 있다. 청첩장을 보내는 경우에 신랑 신부의 얼굴도 잘 모르는 사람이나, 이름도 잘 기억나지 않는 사람에게까지 보내는 것을 두고 하는 말이다.

두 사람의 혼인을 진심으로 축복해줄 친척이나, 가까운 친지들에게 만 청첩장을 보내는 것이 예의이다.

청첩장은 신랑 측에서 마련하는 것으로 되어 있으나 신부 측과 함께 의논하여 준비하는 것이 좋다.

청첩장의 서식은 특별하게 정해진 것이 없으나 한문 위주로 작성된 어려운 서식은 되도록 피하는 것이 좋다. 한글로 쉽게 작성하고 예식 장소가 찾기 어려운 곳이면 전화번호와 함께 약도를 그려 넣도록 해야 한다.

결혼식 날짜를 하루 이틀 앞두고 청첩장을 받는 수가 있는데 이것은 받는 사람의 입장을 생각하지 않은 실례가 된다.

청첩장은 결혼식 2주일쯤 전에는 받아보도록 하는 것이 좋다. 너무 일찍 보내면 잊어버릴 수가 있고, 또 시간을 너무 여유가 없게 보내다 보면 다른 계획과 중복되어서 참석하지 못하는 경우도 생길 수 있다.

요즈음 일부에서 신랑신부를 잘 알지도 못하는 사회 저명인사, 또는 인기인에게 주례를 부탁하는 경우가 있는데, 주례는 신랑신부의 앞날을 진심으로 축하해줄 사람에게 부탁해야 한다. 평소에 존경하던 은사나 어른을 찾아가 부탁하는 것이 좋다. 주례를 맡아 줄 사람 자신도 가정이 화목하고 사회적으로 덕망이 있는 사람이면 더 좋을 것이다.

예식장이 좋다고 그곳에서 올리는 예식이 행복하다고 볼 수는 없다. 그렇지만 우리 사회 일부 층에서는 아직도 호화로운 예식장에서 결혼을 해야 체면이 서는 것으로 생각하고 있다.

종교를 가졌을 경우에는 교회나 절을 빌려서 예식을 올려도 되고, 그렇지 않을 때에는 다음 사항을 참고해서 예식장에서 올리도록 한다.

예식장은 먼저 비용을 고려해서 선택해야 한다. 예식장 비용은 통상적으로 양측이 공동으로 부담하기 때문이다.

미리 예약한다. 특히 결혼 시즌인 봄이나 가을에는 예식장이 분주하므로 충분한 시간을 두고 예약해야 낭패를 보지 않는다.

결혼식에 참석할 사람의 수를 미리 계산하여 너무 넓거나 좁지 않은 장소를 택하도록 한다.

쉽게 찾아올 수 있도록 교통이 편리한 곳을 택한다.

예물에는 결혼식 때 교환하는 신물과 신부가 시댁 어른께 처음 뵙는 인사를 할 때 드리는 예물이 있다. 근래에 들어 이런 예물을 주고받는 데 잘못된 생각을 가진 사람들이 의외로 많이 있다. 다름 아니라 예물은 비싸고 귀한 것이어야 한다는 생각에서 분수에 맞지 않는 예물을 요구하고, 또 무리하게 마련하는 데서 생기는 여러 가지 부작용이다.

비싸고 귀한 물건을 주고 또 받고 싶겠지만 빚까지 지면서 예물 준비를 한다는 것은 고려해야 할 문제이다. 더구나 예물을 상대편의 집안이나 사람의 가치를 판단하는 기준으로 삼아서는 안 된다. 서로의 형편에 맞는 정성스런 예물을 주고받도록 해야 한다.

욕심대로 장만하다가 친정집 기둥뿌리 빠진다는 것이 혼수이다. 혼수도 예물과 마찬가지로 꼭 필요한 것만 분수에 맞게 장만하도록 한다. 예전의 혼수는 신부 측의 고유 권한으로 신랑 측에서 무어라 말할 수 없는 것으로 생각했다. 그러나 오늘날에는 두 사람의 생활에 필요한 것이어야 한다는 생각에 서로 상의를 해서 장만하는 쪽으로 가고 있다.

신랑신부의 예복은 한복이나 양복 모두 관계없지만, 자신의 몸에 맞는 편한 것을 입어야 한다.

한복의 경우 신랑의 예복은 두루마기를 입고 양말대님 차림에 구두를 신으며 여름철에는 모시 같은 옷감을 쓴다. 오늘날은 주로 양복을 입는데, 검은색이나 감색 계통이면 무난하고 특별한 예복을 갖춰 입을 필요는 없다.

신부의 예복은 한복일 경우에는 흰색 치마저고리를 입고 흰색 장갑을 낀다. 그리고 화관을 쓰고 흰색 고무신을 신는다.

웨딩드레스는 흰색에 긴 소매, 긴 자락으로 되도록 맨살을 노출시키지 않는 것이 원칙이다.

결혼식이 끝나면 대체적으로 피로연을 한다. 이것의 본뜻은 결혼식 하객들에게 고마운 인사를 대신하여 베푸는 음식 대접이다. 그러므로 사정이 여의치 않으면 생략해도 무방하며, 조촐하고 간소하게 하도록 한다.

④ 상사(喪事)의 예절

임종이 가까워지면 가족들은 조용하게 둘러앉아 유언을 듣는다. 유언은 가족 모두에게 남겨두고 싶은 말, 또는 재산 처리 등이겠지만, 녹음을 하든지 기록하였다가 고인(故人)의 뜻을 받들어야 될 것이다.

임종하기에 앞서 집 안팎을 깨끗이 정돈해서 가는 사람이 경건하게 임종을 맞도록 한다. 그런 다음에 시신(屍身)을 모시기 위해 마련해둔 자리로 옮긴다. 이때 머리는 동쪽으로 향하게 해서 방 북쪽에 눕히도록 한다.

다음에 새 옷으로 갈아입히고 조용히 기다린다. 못 견디게 슬퍼도 소리 내서 울지 말고 엄숙한 가운데 임종을 보는 것이 참된 예법이다.

운명했다고 생각되면 곧바로 의사를 불러 사망 확인을 받는다.

그런 후에 수시를 하는데 이때 남자는 왼손을 위로, 여자는 오른손을 위로 가게 한다.

수시가 끝나면 관 위에 시신을 눕히고 홑이불로 덮는다. 그리고 시상(屍床)으로 옮겨 병풍이나 장막으로 가린다. 그 앞에 검정 띠를 두른 고인의 사진을 모시고 촛불을 밝히고 향을 피운다.

수시가 끝나면 발상(發喪), 즉 초상이 났음을 알리고 가족들은 검소한 옷으로 갈아입는다. 대체로 남자는 검은 양복에 검은 넥타이, 여자는 흰 치마, 저고리를 입는다. 그리고 곡(哭)을 하는데 아무리 슬프더라도 너무 큰소리를 내지 않는 것이 예의이다.

조문(弔問)을 간 사람은 빈소에 들어가 고인의 영전에 꿇어앉아 향에 불을 붙여 향로에 꽂는다. 그리고 영전을 향해 두 번 절하고 상주에게는 한 번 절한다.

그러나 상가나 조객, 자신의 종교나 관습에 따라 절을 하지 않고 묵념으로 대신해도 무방하고, 고인과 생전에 대면한 일이 없는 조객은 상주에게 인사하면 된다. 그 다음에 조객은 상주를 향하여 "얼마나 마음이 아프십니까?" 또는 "얼마나 망극(罔極)하십니까?" 등의 말로 위로한다. '망극'이란 말은 부모상에서만 쓰는 말이다.

'가정의례준칙'에는 조객에게 술이나 음식을 대접하는 것이 금지되어 있다. 그러나 일부러 시간을 내어 찾아온 조객에게 간단한 음식을 대접하는 것은 우리의 미풍(美風)이므로 탁자에 간단한 음식 과일 등을 놓아 들게 하는 것 정도는 상관없다.

조화(弔花)도 금지하고 있다. 그러나 이것 역시 고인을 위해 꽃 몇 송이 바치는 정도라면 무방할 것이다.

상가(喪家)에 상례에 필요한 물건이나 부의금을 보내는 것 또한 우리의 미풍양속이다. 부의금은 문상을 마치고 빈소를 나올 때 호상소에 내놓는데 깨끗한 백지에 싸서 흰 봉투에 넣는다. 대체로 겉봉에는 '부의(賻儀)' 또는 '조의(弔儀)'라고 쓰고 속의 백지에는 '근조(謹弔)'라고 쓴다. 그러나 오늘날에는 '삼가 조의를 표합니다.' 또는 '깊이 슬퍼하나이다.' 등 순 우리말로 쓰는 경향이 늘고 있다.

예로부터 장일은 홀수로 하여 3일장, 5일장, 7일장 등으로 했다. 그리고 그 집안의 가세(家勢), 신분, 계급에 따라 장례 기간을 정했다. 그러나 오늘날에는 부득이한 경우를 제외하고는 사망한 날로부터 3일이 되는 날(3일장)로 하는 것이 통상적이다.

장지(葬地)는 보통 공동묘지나 공원묘지 등을 이용하고 있지만 가족 묘지나 선산(先山)에 모시기도 한다. 부부를 합장하는 경우에는 남자가 왼쪽, 여자가 오른쪽에 오도록 해야 한다

발인제는 망인(亡人)과 마지막 작별을 고하는 의식으로 영결식(永訣式)이라고도 하는데, 영구가 상가 또는 장례식장을 떠나기 직전에 그 상가 또는 장례식장에서 행한다.

발인제가 끝나면 사신을 장지로 운반하는 운구가 거행된다. 운구는 보통 도시에서는 영구차로 한다. 상여로 운구할 때는 상두꾼이 필요한데 그 수를 20명 이내로 하고 상여에는 과분한 장식을 하지 않도록 한다. 운구의 행렬은 일반적으로 사진, 명정, 영구, 상제 및 조객의 순으로 한다.

영구가 장지에 도착하면 묘역을 다시 살핀 후 곧 하관한다.

매장(埋葬)할 때의 위령제는 성분, 즉 무덤 쌓기가 끝난 후 그 무덤 앞으로 혼령 자리를 옮기고 간소한 제수를 차려놓고 분향 ,잔 올리기, 축문 읽기 및 배례(拜禮)의 순서로 행한다.

화장(火葬)의 경우에는 화장이 끝난 후 혼령 자리를 유골 함으로 대신하고 매장과 같은 절차로 위령제를 올린다.

장례식이 끝난 다음 혼백을 모시고 집에 돌아오면 혼백을 편히 모신다는 뜻으로 제사를 지낸다. 이것이 초우제(初虞祭), 그 이튿날 아침에 지내는 것이 재우제(再虞祭)이다. 그리고 장례를 지낸 지 3일 만에 첫 성묘(省墓)를 가서 지내는 제사가 바로 삼우제(三虞祭)이다.

예전에는 초상이 난 날부터 만 2년 동안 복(服)을 입었다. 그리고 아침저녁으로 상식(上食)을 하고 음력 초하루와 보름에 신위(神位)를 모신 궤연 앞에 음식을 차려놓고 곡을 하는 삭망(朔望)이라는 풍습이 있었다. 또 명절 때마다 차례를 지내고 소상(小祥)을 지낸 후에야 비로소 탈상(脫喪)을 하였다.

오늘날에는 '가정의례준칙'에 의거하여 궤연을 설치하지 않고 따라서 상식과 삭망도 하지 않는다. 그리고 상(喪)의 기간도 부모, 조부모, 배우자의 경우에는 사망한 날로부터 100일까지로 하고, 기타의 경우에는 장일(葬日)까지로 하는 것이 원칙이다.

⑤ 제사(祭祀)의 예절

제사에는 기제(忌祭), 묘제(墓祭), 절사(節祀) 등이 있다.

기제는 해마다 고인이 별세한 날 닭이 울기 전, 즉 전날 밤 열두시에서 한 시 사이에 지내는데, 오늘날 보통 제사라고 하는 것은 이것이다.

묘제는 조상들의 묘소에 가서 지내는 제사인데, 대개 한식(寒食)이나 음력 10월에 날짜를 정하여 지낸다.

절사는 음력 정월 초하루와 추석에 지내는 것으로 보통 차례(茶禮)라고 한다.

제사는 정성껏 지내면 된다. 따라서 돈을 많이 들여 요란하게 차릴 것이 아니라 형편에 맞게 간소하게 준비하는 것이 바람직하다. 기본적인 제상 차림에 고인이 생전에 좋아하던 음식 한두 가지를 더하는 정도면 된다.

지방은 신주(神主) 대신 제상에 모시는 것인데 깨끗한 백지를 가로 5cm, 세로 15cm정도로 잘라서 먹 글씨로 쓴다. 요즘은 지방 대신 고

인의 사진을 모시기도 한다. 한 분만 제사지낼 때는 지방이나 사진을
제상 후면 중앙에 모시지만, 내외분을 함께 제사 지낼 때는 남자는 왼
쪽, 여자는 오른쪽에 모셔야 한다.

⑥ 경조문에 일상적으로 쓰는 문구

경조문에 쓰이는 문구들은 다음과 같다.

*결혼식(結婚式)

　賀儀, 祝聖婚, 祝華婚, 祝盛典

*회갑연(回甲宴)

　壽儀, 祝壽宴, 祝禧筵, 祝回甲

*축하(祝賀)

　祝入選, 祝榮轉, 祝合格, 祝當選

*사례(謝禮)

　菲品, 薄謝, 略禮,

*大小祥(대소상)

　菲意, 香奠, 奠儀, 薄儀

*상가(喪家)

　弔意, 賻儀, 謹弔, 奠儀

*하수(賀壽)

　48세 - 桑壽,　　　61세 - 環甲·華甲·回甲,

　70세 - 古稀,　　　77세 - 喜壽,

80세 – 傘壽,　　　88세 – 米壽,

90세 – 卒壽,　　　99세 – 白壽,　　　100세 – 上壽

⑦ 축의금, 부의금 서식

축의금이나 부의금 용지로는 흰색이 좋다. 종이를 접을 때는 축하 문구와 상대편의 성명이 쓰인 곳에 줄이 생기지 않도록 접어야 한다.

수연(壽宴)을 축하하기 위하여 돈으로 부조를 하거나 기념이 될 만한 선물을 보낼 경우에는 단자(單子)를 적어서 봉투에 함께 넣어 보내도록 한다.

상가(喪家)나 소상(小祥), 대상(大祥) 시에 돈으로 부조하거나 물품을 보낼 때는 단자를 적어 봉투에 넣어서 함께 보낸다.

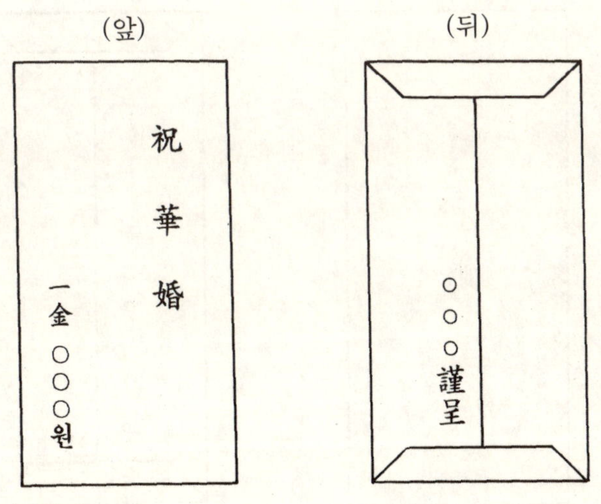

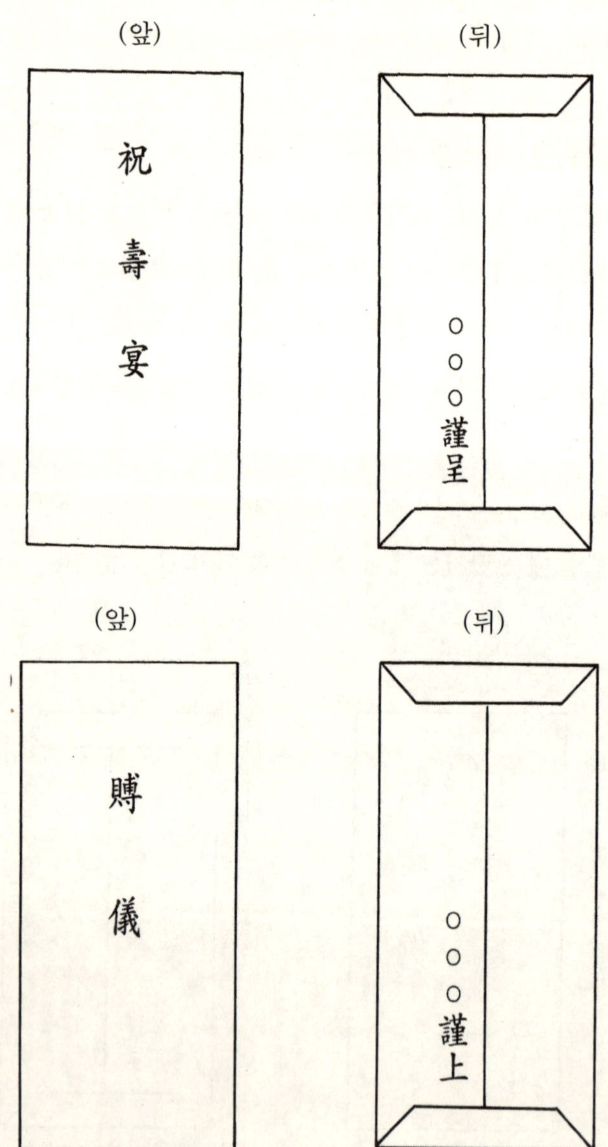

(앞)
(뒤)
祝 壽 宴
○○○謹呈
(앞)
(뒤)
賻 儀
○○○謹上

*十五 歲 – 志學(지학) : 공자(孔子)가 15세에 학문에 뜻을 두었다는 데에서 유래했다고 함.

*二十 歲 – 弱冠(약관) : 〈예기(禮記)〉에 인생은 10세에 어리지만 배워야하고, 20세에 성년이 되며, 30세에 장정이 되어 부인이 있게 되고, 40세에 강해져서 벼슬을 한다고 하였다.

*三十 歲 – 而立(이립) : 〈논어(論語)〉의 위정(爲政)에 인생 30은 而立(이립)이라 하였다.

*四十 歲 – 不惑(불혹) : 〈논어〉 위정(爲政)에 '四十而不惑(사십이불혹)'이라 하였다. 공자가 마흔 살부터 세상의 일에 미혹하지 않았다 하여 쓰이는 말이다.

*五十 歲 – 知天命(지천명) : 〈논어〉 위정(爲政)에 '五十而知天命(오십이지천명)'이라 하여 하늘의 명을 안다고 하였다.

*六十 歲 – 耳順(이순) : 공자가 60세가 되어 천지만물의 이치에 통달하였다 하여 일컬은 말. 사려(思慮)와 판단이 성숙해서 남이 하는 말을 들으면 듣는 것에 따라서 이해가 되었다는데서 이른 말.

*七十 歲 – 從心(종심) : 〈논어〉 위정(爲政)에 '七十而從心之所欲, 不踰矩(칠십이종심지소욕, 불유구)'라 하여 생각나는 대로 행동한다는 데서 이른 말.

[관례(冠禮)]

삼국시대부터 전해오는 우리 고유의 성인식(成人式)인 관례는

혼례(婚禮)에 앞서 치러진 의식인데,

남자는 나이 15세부터 20세에 이르는 성년기 동안에

땋아 내렸던 머리를 위로 올려서 초립(草笠)이라는 관을 쓰게 하여

그때부터 성인이 되었다는 것을 나타내었다.

이 의식을 치르지 않고는 혼례를 치를 수 없었으며,

집에서 거느리는 종복까지 주인이 관례를 올려주었다고 한다.

1. 관례의 뜻

오늘날 우리 생활에서 관례는 거의 없어졌다고 할 수 있다.

관혼상제에서의 관례란 일종의 성년식(成年式)을 올리는 것으로 이
것은 성년이 되었음을 사회적으로 인정하는 절차인 것이다.

이 관례를 치르면 어엿한 어른으로 사회의 일원이 되어 자기
몫을 하며 결혼도 할 수 있게 된다. 관례는 비단 우리나라에
서만 있는 것이 아니라 이름이나 의식절차가 약간씩 다를
뿐 세계의 모든 민족에게 널리 행해져 온 것이다.

2. 관례의 형식

삼국시대부터 전해오는 우리 고유의 성인식(成人式)인 관례는 혼례
(婚禮)에 앞서 치러진 의식인데, 남자는 나이 15세부터 20세에 이르
는 성년기 동안에 땋아 내렸던 머리를 위로 올려서 초립(草笠)이라는
관을 쓰게 하여 그때부터 성인이 되었다는 것을 나타내었다. 이 의식
을 치르지 않고는 혼례를 치를 수 없었으며, 집에서 거느리는 종복에
이르기까지 주인이 관례를 올려주었다고 한다.

관례는 그 절차에 있어 먼저 주인이 진설(陣設 : 음식을 갖춰서 상을
차려 놓는 것)을 마련하고 의복을 준비해놓는다. 아침 일찍 일가친척

들과 동네의 어른들을 초대해 모시고 행하는데, 의식은 관례식을 맡아 진행할 계빈(戒賓 : 관례를 치를 주인이 초청한 손님)을 주인이 모시는 데서 시작된다. 계빈은 주로 성인이 될 젊은이의 스승이나 덕망 있는 주위 인물이 선정되는데 이 모든 것이 준비되면 주인은 3일 전 사당(祠堂)에 고하고 축과 같이 고사(告辭)를 읽었다.

그 절차를 보면 성인이 될 젊은이가 의관과 신발을 갖추고 뜰에 나와서 단정하게 앉는다. 그러면 계빈의 수행원이 정성껏 머리를 빗긴 뒤 머리에 관을 씌운다. 다음 조삼(皁衫 : 검은색의 깃을 둥글게 만든 옷)을 입히고 신을 신긴다. 그리고 계빈은 관을 씌워주며 덕담을 한다.

다음에는 사모(紗帽)를 씌운다. 계빈은 사모를 씌우면서 다시 축복한다. 축사를 읽은 다음 복두(幞頭 : 과거에 급제한 사람이 홍패를 받을 때 쓰던 관)를 씌우고 난삼(襴衫 : 생원, 진사에 합격될 때 입던 옷)을 입히고 가죽신을 신긴다. 이것으로 삼가(三加)의 예는 끝난다. 이어 계빈이 청년에게 자(字 : 본 이름 외에 부르는 이름)를 지어준다. 계속해서 성인이 된 청년이 사당으로 가서 선조에게 성인이 되었음을 고하고, 어른들을 뵙고, 이날 의식을 집행한 손님에게 주인이 술과 음식을 대접하는 것으로 마무리한다.

여자의 경우는 정혼(定婚)을 했거나, 정혼을 하지 않았더라도 나이 15세가 되면 계례(笄禮)를 행한다. 계례란 비녀를 꽂는 의식이며 이때는 어머니가 주가 된다. 계빈은 친척 중에서 예절을 잘 아는 어진 부인을 청한다.

절차는 남자의 경우와 같으나 옷으로는 배자(背子 : 저고리 위에 덧입는 옷)를 준비한다. 남자가 입는 옷은 그다지 호화스럽지 않았지만, 여자의 경우는 화려하게 채색을 했다. 당일 날이 밝으면 옷을 준비해 두었다가 계빈이 오면 어머니가 맞아 방으로 들게 해서 계빈이 비녀를 꽂아주면 배자를 입는다. 제사를 지내고 자(字)를 부르고 나서 어머니가 데리고 사당에 가서 참배를 시킨다.

관례나 계례는 그 절차가 매우 까다로워서 전통 사회에서도 양반 계급에서만 행해졌고, 여자의 계례는 전통혼례식에 흡수되었다.

지금은 이런 관례의식이 점차 사라지게 되어 〈표준의례〉나 〈가정의례준칙〉에서도 언급되지 않는다.

3. 현대의 성년례(成年禮)

고례(古禮)의 관례나 계례를 굳이 현대에 재현할 필요는 없다. 그렇지만 관례와 계례를 일러서 어른으로서의 책임 있는 언행을 깨닫게 하는 것이라면 그런 의미에서의 성년 의식을 생활 여건이 많이 달라진 오늘날에 어떻게 뜻있게 되살릴 것인가 연구해볼 필요가 있을 것이다.

1. 성년례의 종류와 시기

현대의 성년례는 개인적으로 하는 경우와 단체적인 경우가 있다.

성년례를 거행하는 시기는 민법 제4조에 의한 만 20세가 되는 생일날이 적당하고, 단체로 할 경우에는 날짜를 정해서 함께 거행한다.

① 개인 성년례의 순서

*사회자가 진행 상황을 완료.

*거례(擧禮) 선언.

*성년자 입장.

*일동 경례.

*성년자 경례.

*이름 묻기.

*다짐 받기.

*성년 선서와 서명.

*성년 선언과 서명.

*큰손님 수훈.

*성년자 일동에게 경례.

*일동 경례.

*필례 선언.

② 집단 성년례의 순서

*사회자가 진행 상황을 완료.

*거례(擧禮) 선언.

*국민의례.

*일동 경례.

*성년자 경례.

*이름 묻기.

*다짐 받기.

*성년 선서와 서명.

*성년 선언과 서명.

*큰손님 수훈.

*내빈 축사.

*주인 인사.

*성년자 경례.

*일동 경례.

*큰손님 하단.

*주최측 행사.

*필례 선언.

*예후 행사.

[혼례(婚禮)]

혼인(婚姻)이라는 말에서 '혼(婚)'은 장가든다는 뜻이고,

'인(姻)'은 시집간다는 뜻이다.

그러므로 남자가 장가들고 여자가 시집간다는

뜻으로 말할 때는 '혼인'이라고 하는 것이 옳다.

그러나 요즘에는 혼인이라는 말 대신 결혼이라는 말을 많이 쓰는데,

이것은 가부장제(家父長制)의 사고방식에서 온 것이라고 생각된다.

1. 혼례의 뜻

옛날부터 혼인은 인간의 대사라 하여 엄중한 절차를 밟았다.

혼례란 남녀가 혼인해서 부부가 되는 의식 절차를 정한 것이다. 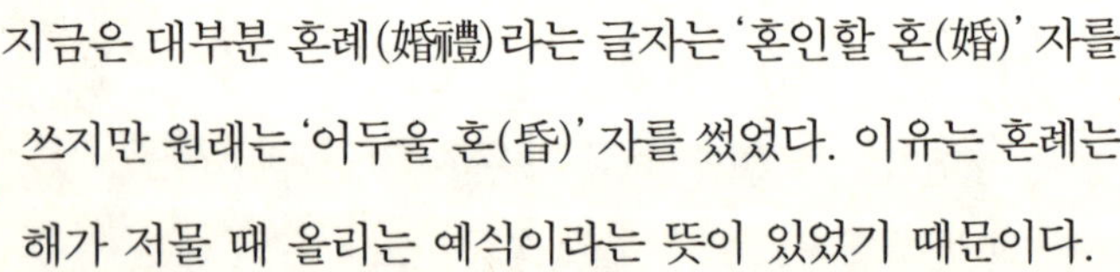지금은 대부분 혼례(婚禮)라는 글자는 '혼인할 혼(婚)' 자를 쓰지만 원래는 '어두울 혼(昏)' 자를 썼었다. 이유는 혼례는 해가 저물 때 올리는 예식이라는 뜻이 있었기 때문이다.

혼례를 해가 저물 때 올리는 이유는, 혼인은 남자와 여자 즉 음(陰)과 양(陽)이 만나서 부부가 되는 예식이므로, 그 시간도 양[낮]과 음[밤]이 만나는 해질녘이 가장 합당하다는 취지였다.

또 혼인(婚姻)이라는 말에서 '혼(婚)'은 장가든다는 뜻이고, '인(姻)'은 시집간다는 뜻이다. 그러므로 남자가 장가들고 여자가 시집간다는 뜻으로 말할 때는 '혼인'이라고 하는 것이 옳다. 그러나 요즘에는 혼인이라는 말 대신 결혼이라는 말을 많이 쓰는데, 이것은 가부장제(家父長制)의 사고방식에서 온 것이라고 생각된다. 우리나라의 헌법이나 민법 등 법률에서는 결혼이라는 말은 쓰지 않고 반드시 혼인이라고 쓰는 것을 보더라도 혼인이라고 하는 것이 옳다는 것을 알 수 있다.

혼인이라고 하면 남자는 장가들고 여자도 시집가는 것이 되어 명실

상부한 남녀평등의 의미가 될 것이다.

　따라서 혼인 예식의 축하 금품의 포장에 쓰는 글도 ‘축 결혼(結婚)’
이나 ‘축 화혼(華婚)’이라고 쓰는 것보다 ‘축 혼인’이라고 하는 편이 장
가를 들고 시집을 가는데 어울리는 표현이라고 할 수 있다.

2. 혼인의 연령

남자는 30세, 여자는 20세. 이것은 공자의 말씀으로 누구나 알고 있는 옛날 사람들의 혼인 연령이다. 그것에 대해 노(魯)나라의 애공이 "너무 늦은 것 아니냐?"고 묻자, 공자는 "예(禮)라는 것은 그 극(極)을 말하는 것이지 지나친 것을 말한 것이 아니오."라고 했다. 공자의 대답을 보면 이 연령이 최대의 한계라고 볼 수 있다. 그러나 실제에 있어서는 동양의 어느 나라를 막론하고 거의 남자 20세 이내, 여자 17~18세 이내에 혼인하는 조혼이 성행했다.

우리나라의 혼인은 문헌 자료를 참고하면 부여시대에는 일부일처제였으나 실제로는 일부다처제였다. 옥저(沃沮)에서는 민며느리제도가 있었고, 삼한시대에는 공동으로 부부생활을 했다는 기록이 있다. 이런 다양한 풍습을 거쳐 조선시대에 이르러서 유교를 바탕으로 한 윤리의식이 성립되면서 혼인도 통제를 받게 되었다. 따라서 혼인 연령도 남자는 16세에서 30세, 여자는 14세부터 26세 사이로 되었는데, 그 이유는 음(陰)인 여성은 젊을수록 아름답고 양(陽)인 남성은 30세 이전이 육체적으로나 정신적으로 가장 왕성했기 때문이다.

현행 민법의 801조와 807조에서 '남자는 만 18세, 여자는 만16세가 되면 부모 또는 후견인의 동의를 얻어 약혼 및 혼인을 할 수 있다.'고 되어 있으나 법적인 규제를 취하는 것이 아니고 기준으로 삼는 것이라고 생각하면 된다.

또 민법 808조에는 '남자 26세, 여자 23세가 되면 호주의 승낙 없이도 결혼할 수 있다'고 규정지어서 법률적으로 허락 없이도 혼인할 수 있다는 것을 인정하고 있다.

혼인의 적정 연령은 정해진 것은 없지만 경제력, 임신과 출산 시기, 부양 능력 등의 개인적 사정을 고려해서 정해야 할 것이다.

예부터 혼인하는 당사자나 양쪽 부모 중 상(喪)을 당했을 때는 1년 이내에는 혼인을 하지 않는 것이 좋고, 배우자가 죽은 후 3년 이내에는 재혼을 하지 않는 것이 전해 내려온 관습이다.

3. 현대의 혼례

　시대가 변함에 따라 혼례의 절차도 많이 바뀌었다. 현대식 혼례의 과정은 ① 혼담, ② 맞선, ③ 교제, ④ 약혼, ⑤ 혼수 준비, ⑥ 예식의 준비, ⑦ 예식, ⑧ 신혼여행, ⑨ 혼인 신고의 순서로 진행되는 것이 보통이다. 이중에서 ①②③⑨항은 혼인에 준하는 절차인데, 혼인 행위에 버금가는 절차라 할 수 있겠다.

　세계에 있는 모든 나라들이 혼례식은 그들의 풍속을 따르지만 선진국일수록 그 제도나 절차가 간소하게 행해지고 있다. 특히 구미 여러 나라에서 실시되고 있는 혼례식은 우리나라처럼 번잡하고 형식화된 절차 없이 당사자들이 합의한 날짜에 목사나 신부(神父)의 주례로 교회나 지정된 장소에서 간단한 혼례식을 치름으로써 부부가 되는 것은 누구나 잘 알고 있는 사실이다.

　옛 법도에 따른 우리나라의 혼례 절차는 너무나 번거로운 것이 사실이나, 그 근본은 성대하게 하는 것만이 아니고 간결하면서 경건하고 정중하게 하는 것이라고 볼 수 있다. 그러므로 현대의 혼인도 옛날의 법도를 도외시 할 수는 없는 것이며 현실에 맞게 절차를 간소화하고 방법을 조금 다르게 한다고 생각해야 한다.

가정의례에 관한 법률 및 준칙에서도 본래의 좋은 뜻을 살려 간결하면서도 경건하고 정중하게 하게끔 했다.

1. 혼담과 맞선

남녀 모두가 혼인 적령이 되면 자기의 배필을 구하여야 한다. 사귀는 이성이 있으면 배필로서 자기에게 합당한가를 부모나 친지, 선배와 상의해서 결정한다. 사귀는 이성이 없으면 믿을 수 있고 인생의 경험이 풍부하며 활동 범위가 넓은 사람에게 자신의 희망, 직업, 인생관, 신체적 결함, 성격의 결점, 가정 문제의 고충 등을 정직하게 밝히고, 배필을 구해달라고 정중하게 부탁한다. 이때 혼담을 부탁받은 사람은 양편의 처지와 형편을 보태거나 뺌이 없이 거짓 없는 중매를 선다.

현대의 혼인은 옛날처럼 신랑의 성품은 물론 얼굴조차 보지 못하고 혼인 하던 그런 시대가 아니므로, 자유스런 연애로 이루어지거나 중매를 할 경우에도 맞선을 본 후에 얼마간의 교제를 갖은 뒤에 서로의 판단을 중시해서 하는 것이 상례다.

중매자가 중간에서 양쪽의 의견을 모아 정해진 장소에서 서로 인사를 나누는 것이 맞선이다. 이때 양가의 어른이 동반하는 것이 상례지만 경우에 따라 당사자끼리만 만나는 수도 있다. 맞선이란 처음 만나는 것인 만큼 서로 인사를 나누고 말을 나누어 인상과 용모를 살펴보고, 서로가 불쾌한 감정이 없다는 생각이 들면 좀더 구체적으로 상대의 가정 형편과 성품을 알아보기 위해서 교제를 한다. 교제 중에 마음에 들지 않으면 만나지 않으면 되고 부담을 가질 필요도 없다.

얼마 간 사귀다가 둘 사이에 애정이 생기면 부모의 허락을 받아 결혼하기로 결정하면 된다. 이처럼 현대의 혼인은 당사자들을 중심으로 서로의 인격을 중요시해서 결정하는 것이 옛날의 혼인과 다른 점이다. 초혼(初婚), 재혼(再婚)을 막론하고 요즈음은 중매를 전담하는 결혼상담소라는 곳이 있어서 친지가 많지 않고 교제성이 없는 사람들이 많이 이용하고 있다.

2. 약혼식

두 남녀가 교제나 소개를 통하여 결혼하고자 하는 마음이 굳어지면 결혼에 앞서 약혼을 하게 된다. 사실상, 약혼이란 결혼에 버금가는 절차이므로 일단 약혼을 한 후에는 정당한 이유(약혼을 파할 만큼 중대한 사유)가 없는 한 파혼할 수 없다.

약혼식은 양가의 가족과 가까운 친지들이 모인 가운데 양가를 잘 아는 사람이나 중매자의 사회로 진행된다.

① 약혼선언, ② 예비 신랑 신부의 약력 소개, ③ 사주단자 전달 및 약혼 선물 교환, ④ 양가 가족 및 친지 소개, ⑤ 환담의 순서가 대체적인 약혼식의 절차이다.

약혼을 했으나 파혼을 하게 되는 경우도 있는데, 그렇게 되면 받은 예물을 즉시 되돌려 주어야 하며 파혼하게 된 까닭이 상대방의 잘못이 아닐 경우에는 물질상의 손해뿐만 아니라 정신적인 손해도 감안하여 손해를 배상하여 주는 것이 옳다. 약혼한 뒤에도 일방적으로 파혼을 선언할 수 있는데, 그것은 다음과 같은 경우가 생겼거나 발견되었을 때이다.

① 약혼 전에 있던 신상의 중요한 문제를 고의적으로 숨겼을 때.
② 약혼 후에 중요한 범죄행위를 했을 때.
③ 약혼 후에 금치산(禁治産), 준(準) 금치산의 선고를 받은 때.
④ 성병이나 나병 또는 불치의 병에 걸렸을 때.
⑤ 약혼 뒤 2년 이상 소식이 없을 때.
⑥ 정당한 사유 없이 혼인을 지연시킬 때.

약혼식은 가족적인 분위기 속에서 행해지며 신랑, 신부의 부모형제를 비롯하여 가까운 친척과 친구들만 참석하는 것이 보통이고, 식 절차도 약혼을 공개하고 선물을 교환하는 정도에서 그친다. 약혼식에 교환하는 선물로는 보통 탄생석으로 맞춘 약혼반지, 시계 등이며 양가의 형편에 따라서 조절한다.

선물 교환이 끝나고 나면 양가 친척들에게 두 사람을 일일이 인사시키고, 소개한다. 소개가 끝나면 약혼식은 끝난다.

이어서 간단히 회식(會食)을 하는데, 이때에 가족들과의 대화가 있을 것이므로 서로가 잘 아는 사이라도 언행을 조심스럽게 해야 한다.

약혼이란 이미 정혼(定婚)하였다는 것이니, 혼인과 다름이 없는 것으로 혼례식을 치를 절차만 남은 부부가 된다. 그런데도 흔히 약혼식을 올리면서도 약혼서(約婚書)는 작성하지 않는다.

가정의례준칙 제5조에 의하면 '약혼을 하는 경우에는 당사자의 호적등본과 건강진단서를 첨부한 〈별지 1〉의 서식에 의한 약혼서를 교환함으로써 행하되 약혼식은 따로 거행하지 아니한다'고 되어 있지만 아직 일반화는 되어 있지 않은 실정이다.

약혼은 혼인을 하기 위한 당사자 간의 서약(誓約)이다. 그러므로 혼인의 원인행위(原因行爲)이니 자칫 허례, 허식에 치우치지 않는 실질적인 서약이 되도록 해야 한다.

파혼할 아무런 이유가 없는데도 불구하고 일방적으로 한쪽에서 파혼을 선언할 때를 대비해서 약혼서는 절대적으로 필요한 것이다. 요즘 들어서 약혼을 하고 나서 파혼을 하는 경우가 종종 있다. 이것은 약혼을 하나의 교제 그 이상으로 생각하지 않는 안일한 생각에서 오는 결과라 할 수 있다.

일정 기간 동안 서로 사귄 뒤라 상대방에 관해서 어느 정도는 안다고 해서 새삼스럽게 하는 호적등본과 건강진단서의 교환 등을 쑥스럽고 불필요하게 생각할 수 있겠으나, 냉정하게 판단하면 자신의 평생에 있어서 행(幸)과 불행(不幸)의 중대한 문제를 결정하는 것이므로 마땅히 실천해야 하며 모두가 습관화되도록 노력해야 할 것이다.

〈약혼서 서식(約婚書 書式)〉

약 혼 서

구　　　분	남	여
본　　　적		
주　　　소		
성　　　명		
주 민 등 록 번 호		
생　년　월　일		
호주의 주소 : 성명		

위 두 사람은 다음과 같이 혼인할 것을 약속함.

1. 결혼 예정일 :
2. 기타 조건 :

　　　　　　　　　　　　　　　　　　　　　　　　　년　월　일

　　약혼자

　　　　　(남)　　　　　인
　　　　　(여)　　　　　인

　　입회인

　　　　　(남자측) : 주소
　　　　　　　　　　성명　　　　인
　　　　　(여자측) : 주소
　　　　　　　　　　성명　　　　인

※ 첨부 : 호적등본 1부　건강진단서 1부

※ 민법 제808조의 규정에 의한 동의를 요하는 경우에는
　입회인은 그 동의권자로 한다.

① 기독교에서의 약혼

기독교식으로 약혼을 하는 경우에는 목사가 주례자 겸 사회자가 되어 식을 진행한다. 교파에 따라 차이는 좀 있으나 대개는 다음과 같은 순서로 진행된다.

*개식사 : 약혼식을 시작하겠다는 말이 있고 나면 성경 구절을 인용한 약혼의 중요성을 인식시키는 설교가 있다.

*기도 : 결혼할 때까지 하나님의 뜻에 따라 살게 해주라는 기도를 올린다.

문답 : 성경 위에 손을 얹고 약속한다.

*예물 교환 : 주례 목사가 일단 선물을 받아서 공개한 다음 신랑은 신부에게, 신부 신부는 신랑에게 예물을 준다.

*주례사 : 하나님의 뜻으로 하나님의 자녀답게 살라는 부탁 말씀을 하고 약혼과 결혼은 별개이니 결혼 때까지 순결한 교제를 하도록 하라고 말한다.

*찬송

*폐식사 : 식이 끝나면 양가의 가족과 친척 소개를 한다.

② 천주교에서의 약혼

"약혼은 혼배(婚配)를 하자는 계약이다."

〈한국가톨릭지도서〉에 있는 말이다. 약혼은 두 당사자의 서명날인과 본당 신부나 감목, 또는 두 증인의 서명날인이 있는 문서로 해야 한다. 당사자들이 글을 모르는 경우에는 두 증인이 그런 사유를 기입하고 서명, 날인한다.

　이런 방식으로 하지 않은 약혼은 인정할 수 없는 약혼에 불과하다. 이처럼 천주교식 약혼에 있어서는 문서(文書)를 가장 중요시 하며, 약혼자는 교리에 따라서 절대로 육체관계나 한 집에서 동거를 하면 안 된다.

③ 천도교에서의 약혼

　〈천도교의절(天道敎儀絶)〉에는 약혼에 대하여 이렇다 하게 설명해 놓지 않았다. 다만 약혼 시에 당사자 및 가족 모두가 청수(淸水)를 봉전(奉奠)하고 심고(心苦 : 일종의 기도)를 한 후 양가의 주혼자(主婚者)가 약혼서를 교환한다고만 기술되어 있다.

④ 불교에서의 약혼

　예규(禮規)인 〈석문의범(釋文儀範)〉에 기술된 것은 없다. 일반적인 절차로 해도 무방하다는 견해인 것 같다. 꼭 불교식으로 하고 싶다면 승려를 초대하여 그분께 일임하거나 절을 찾아가 그곳에서 하는 법도대로 하면 되겠다.

3. 택일(擇日)과 청첩장

예식을 치르기 위한 준비로서는 예식 일자의 택일, 주례의 초빙 교섭, 예식장 결정, 예식 복장 준비, 혼인 반지의 맞춤, 청첩장 발송 등이 있다.

약혼식이나 또는 그 뒤에 사주(四柱)가 보내지면 신부 집에서는 택일을 하여서 신랑 집에 통고한다. 그러면 신랑 집에서는 그대로 따르거나 양가의 의논 하에 새로운 날을 잡아 혼인 날짜를 결정하면 된다.

사성(四星)이란 신부가 될 여자의 집에 보내기 위해 신랑의 사주를 쓴 것을 말하고, 사주(四柱)란 생년월일과 태어난 시(時)를 간지(干支)로 나타낸 것을 말한다.

혼례 일을 정할 때에는 좋은 날을 받기 위하여 여러 가지로 생각하고, 역학(易學)을 하는 사람을 찾아가 택일을 하기도 한다. 좋은 날을 잡기 위해 정성을 다하는 것은 신랑, 신부의 행복을 빌어주는 의미에서는 좋다고 하겠으나 미신이나 점술 등에 의존하는 일은 적절하지 않다고 생각한다. 그래서 요즈음에는 이에 전적으로 의존하지 않으며, 한여름의 더위와 겨울의 추위를 피하는 것과 양가의 다른 대사 일정 등을 참작하여 양쪽이 다 편리할 수 있는 날을 의논하여 정하고 있다.

요즈음은 예식장의 형편이라든가 당사자 간의 사정 및 하객의 참석 등을 고려해서 일시(日時)를 정하는 경우가 많다.

주례는 혼인 뒤에도 신혼부부를 생각해주고 지도해줄 수 있는 은사나 지방의 잘 아는 지도급 인사를 초빙한다. 주례를 부탁할 때는 부모나 본인이 직접 찾아가서 부탁의 말을 해야 하고 가능하면 신랑, 신부가 혼인 며칠 전쯤 다시 찾아가서 인사를 한다.

청첩장은 보내지 않으면 정말로 섭섭해 할 사람과 참된 마음으로 축복해 줄 사람에게만 보낸다. 청첩장은 적어도 혼인식 2, 3주 전까지는 받아볼 수 있도록 발송해야 한다. 사회생활이 복잡한 현대 사회에서 개인의 사적인 생활 또한 분망하므로 여유 있게 참석할 수 있도록 시간을 주는 것이 예의이다.

〈사성서식〉

甲子 二月 八日 寅時生

*세로 36㎝, 가로 85㎝의 화선지에 5단(1단에 17㎝씩)으로
접어서 중앙에 신랑의 생년월일을 세로로 내려 쓴다.

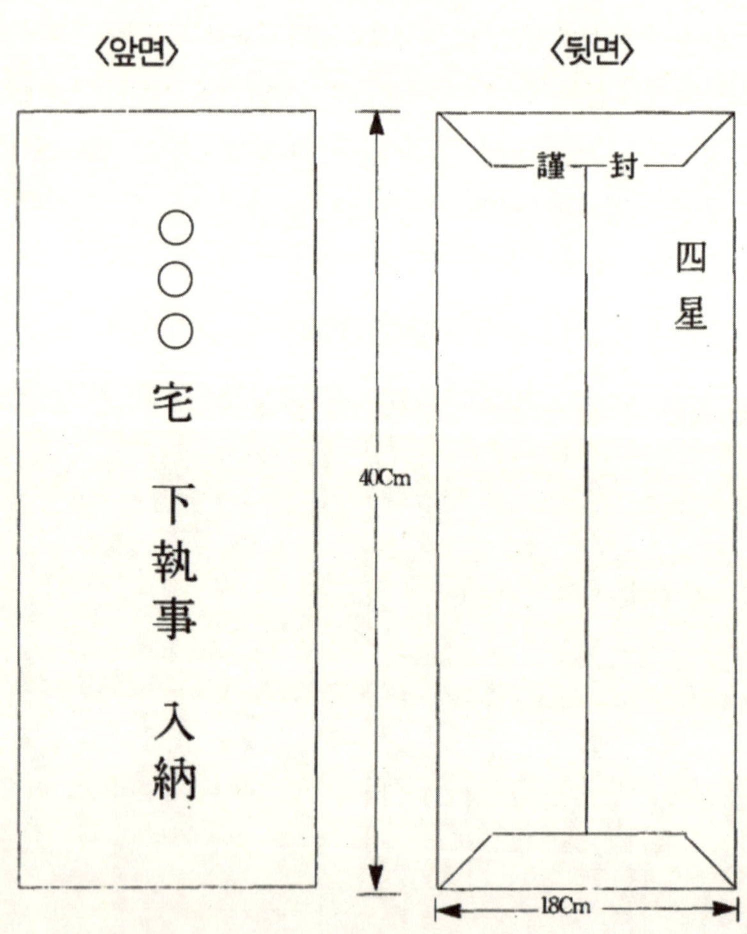

오늘날 청첩장의 양식은 다양한 양식과 견본이 있으므로 본인들의 취향에 맞추어 선택하면 된다.

모시는 글

○○○의 장남 ○○군
○○○의 차녀 ○○양

두 사람이 사랑으로 만나 진실과 이해로써 하나를 이루려 합니다.
이 두 사람을 지성으로 아끼고 돌봐주신 여러 어른과 친지를 모시고
서약을 맺고자 하오니, 바쁘신 가운데 두 사람의 장래를
가까이에서 축복해 주시면 고맙겠습니다.

장소 : ○○예식장
시간 :   년 월 일 시(음력 월 일) ○요일

○○○ 귀하

4. 혼수(婚需) 준비와 함 보내기

혼수는 각 지방의 풍속에 따라 다른 점이 있으나 대체로 신부 측에서 옷장, 이부자리 및 의류 등속을 혼수로 준비하는데, 넉넉지 못한 집에서는 큰 부담이 되고 있다. 가정에 따라서는 자녀의 혼례(특히 여자 쪽)를 치르기 위해 가재와 전답을 파는 예가 적지 않다. 신부가 신랑 쪽에 드리는 예단도 전에는 신랑의 부모에게 드리는 비단을 준비하는 정도였으나, 오늘날에는 신랑의 부모는 물론이며 가까운 친인척에게까지도 예물을 준비하기 위하여 예단을 짜는 일부 가정도 있어서 가세가 넉넉하지 못한데다가 혼기를 앞둔 처녀가 있는 가정에서는 커다란

근심이 되는 경우가 있다.

혼수는 여유 있는 가정이라도 되도록 근검, 절약하여 꼭 필요한 것만을 준비하여 지출을 줄이는 것이 현명하다.

혼인 반지는 영구불변(永久不變)을 의미하는 금으로 하고, 반지 이면에는 혼인 날짜와 신랑, 신부의 이름을 새겨 넣기도 한다. 값이 비싼 다이아몬드 반지를 준비하는 경우도 많은데, 그 반지가 깊숙이 간수만 해 놓는 귀중품이 되거나 나중에 손해를 보고 팔아 써야할 경우도 적지 않다.

일부 계층에서 혼수문제로 물의를 빚고 있음은 혼수 본래의 뜻을 모르는 몰지각한 일이라고 하지 않을 수 없다. 이런 풍조는 없어져야 할 폐단이다.

함은 결혼식 전날 저녁에 보내거나 일주일 전 혹은 3일 전에 보내기도 한다.

함의 내용물은 재래의 풍습과 비슷하나 당사자들끼리 의논하여 자유롭게 조절할 수 있으며 정해진 제약은 없다. 또 함이라고는 하지만 일반적으로 트렁크나 백을 이용하며 멜빵을 걸어서 신부 집에 들어갈 때 메고 들어간다.

신부 집에서 받는 절차도 재래의 절차와 비슷하나 요즘은 많이 간소화되어 번거로운 절차는 생략된 것이 많다. 함진아비 측과 함을 받는 신부 집 사이에 선의의 실랑이를 벌여 시간을 끌며 흥겹게 하는 경우도 많지만, 지나쳐서 서로의 감정을 상하게 하거나 다투는 일은 없도록 해야 한다.

5. 혼례식(結禮式)

예전에 전통 혼례식을 할 때에는 집 마당을 이용하거나 공회당 같은 곳을 이용했지만 현대식 결혼이 본격화되면서부터는 대부분예식장에서 행해지고 있다.

계절로는 봄, 가을에 많이 했지만 요즈음엔 사철 아무 때나 편리한 때에 하고 있다. 그러나 요일은 토요일이나 일요일에 많이 하고 있는데 시간이나 경제적 여비를 줄이기 위해서 평일에 날짜를 잡는 것도 도움이 될 것이다.

예식장은 보통의 경우 예식장을 이용하고 있으나, 유명한 예식장이나 큰 호텔을 빌어서 많은 돈을 들여 예식을 올리는 것보다 마을이나 공용기관의 회관을 이용하거나 공원이나 야외 또는 교회 사찰을 선택하기도 한다.

예식 복장은 남자는 깨끗한 양복 차림이나 한복 차림이고, 여자는 보통 웨딩드레스를 준비한다. 또 웨딩드레스나 원삼 족두리 자체가 혼인을 의미하는 것이 아닌 이상 그것보다는 우리의 고유 의상인 치마저고리 차림으로 식장에 나가도 된다.

① 예식장(禮式場)

예식장은 교통편이 좋은 곳에 위치해야 하며 너무 많이 걷는 곳은 피해야 한다. 또한 장소가 너무 넓거나 협소하여 하객들이 불편해 하는 일이 없도록 사전에 충분히 고려해야 한다.

② 사회자(司會者)

예식을 진행시키는 역할을 하는 사회자는 진행만을 보는 것이 좋다. 경망스럽게 떠들거나 주례가 해야 할 내용의 말까지 하는 경우가 없도록 주의하도록 한다.

③ 혼인예식의 순서

1) 개식

혼인 날 정해진 시각이 되어 식장에 가족과 하객이 다 모이고 주례가 주례석에 앉으면, 사회자는 "지금부터 신랑 ○○○군과 신부 ○○○양의 혼인예식을 시작하겠습니다." 하고 개식을 알린다.

2) 신랑, 신부 입장

신랑, 신부의 입장을 알림과 동시에 결혼 행진곡이 울리는 가운데 신랑, 신부가 입장을 한다. 신랑은 왼편에 서고 신부는 오른편에 서서 나란히 발걸음을 맞추면서 입장을 하기도 하고, 신랑이 먼저 입장을

하여 주례 앞에 섰다가 돌아서서 신부 입장을 지켜보는 가운데 신부는
아버지나 오빠 또는 숙부의 왼손을 잡고 입장을 하여 주례를 향하여
오른쪽에 선다.

3) 상견례

사회자의 진행에 따라 주례는 "신랑, 신부 상견례를 하겠습니다." 하
고 가족과 하객에게 알린 다음 "신랑, 신부는 마주보고 서세요." 하여
신랑, 신부가 마주보고 서면, "서로 허리를 굽혀 인사하세요." 한다.
신랑, 신부는 인사를 하고 주례를 향하여 선다.

4) 혼인 서약 및 성혼 선언

주례는 "신랑, 신부 서약이 있겠습니다. 두 분께서는 엄숙하고 경건
한 마음으로 분명히 대답을 하세요. 먼저 신랑에게 묻겠습니다. 신랑
○○○군은 신부 ○○○양을 아내로 맞이하여 항상 존중하고 사랑하
며 남편으로서 도리를 다하여 백년해로(百年偕老) 할 것을 굳게 맹세
합니까?" 라고 묻는다. 신랑이 똑똑히 "예." 하고 대답하면, 주례는 "이
제 신랑은 맹세한다는 대답을 하였습니다. 그러면 신부에게 묻겠습니
다. 신부 ○○○양은 신랑 ○○○군을 남편으로 섬기고 존중하며 사랑
하고 아내로서의 도리를 다할 것을 맹세합니까?" 라고 물으면, 신부는
"예." 하고 대답을 한다.

주례는 "이제 신랑, 신부는 부모님과 여러 친지 앞에서 부부가 되어

일생을 함께 살 것을 굳게 맹세하였습니다. 이에 주례는 두 사람의 혼인이 원만하게 이루어진 것을 엄숙하게 선언합니다." 하고 성혼 선언을 한다.

성혼 선언문 (成婚 宣言文)

이제 신랑 ○○○ 군과 신부 ○○○양은 그 일가 친척과
친지를 모신 자리에서 일생 동안 고락을 함께 할 부부가
되기를 굳게 맹세하였습니다. 이에 주례는 이 혼인이 원만하게
이루어진 것을 여러 증인 앞에 엄숙하게 선포합니다.

년 월 일
주례 ○○○

5) 예물 교환

주례가 서약을 확인하면 사회자는 "예물교환이 있겠습니다."라고 알린다. 이때 신랑은 예물이 반지라면 신부에게 줄 반지를 주례 앞 탁자 위에 놓고 신부도 신랑에게 줄 예물을 주례 앞에 놓는다. 주례는 신랑이 내놓은 반지 갑을 열고 내용물을 확인한 다음 내용물만 다시 신랑에게 되돌려 준다. 신랑은 반지를 신부의 왼손 무명지(넷째 손가락)에 끼워준다. 신부도 주례로부터 자기가 준비한 예물을 되돌려 받아 신랑에게 준다. 요즈음에는 예물 교환을 생략하는 경우도 많이 있다.

6) 주례사, 축사, 축가

사회자의 진행에 따라 주례사, 축사, 축가의 순서가 계속된다. 주례

는 주례의 말씀으로 ① 양쪽 부모의 노고 치하, ② 하객에 대한 경의표시, ③ 신랑, 신부의 장래 축복, ④ 신랑, 신부가 한 몸 되어 영원토록 오늘의 맹세를 변치 말고 노력하여 행복하기를 바란다는 내용의 주례사를 한다. 주례사가 끝나면 내빈의 축사가 있는데, 1990년대에 들어와서는 축사를 볼 수 없고, 축전이 있을 경우 사회자가 소개한다. 또 축가를 부르는 경우가 많은데, 곡의 선택에 유의하고 있다. 가정의례준칙(대통령 령 제6680. 1973. 5. 17)에 따른다면 주례사를 하기 전에 혼인신고서 날인 절차가 있으나, 보통 결혼식의 분위기와 흐름상 신혼여행 뒤로 미루고 있다.

7) 신랑, 신부 인사 및 행진, 폐식

주례는 신랑, 신부를 선 자리에서 뒤로 돌아서게 한 뒤에 양가 부모님께 인사를 드리고, 내빈께 성혼 인사를 드리도록 한다. 사회자가 "이제 신랑, 신부가 희망찬 내일을 향해 출발하는 절차가 있겠습니다. 내빈께서는 신랑, 신부의 새 출발 절차가 끝날 때까지 자리에 앉아 계시어 축복해주시기 바랍니다."라고 말하고, 신랑, 신부를 향해 "신랑, 신부 행진." 하고 구령을 부른다. 그러면 결혼행진곡에 맞춰 신부는 오른손으로 신랑의 왼팔을 끼고 퇴장한다.

행진이 끝나면 사회자는 "이상으로 신랑 ○○○군과 신부 ○○○양의 혼인예식을 모두 마치겠습니다. 내빈 여러분 감사합니다. 안녕히 돌아가시기 바랍니다." 등으로 인사하는 것으로 예식은 끝난다. 이 시간에 사진 촬영을 하는데, 퇴장하기 전에 주례 앞에서 사진 촬영을 하든지 퇴장했다가 다시 돌아와 촬영한다.

8) 가족 대표 인사

예식이 끝나고 신랑, 신부가 퇴장을 하면 신랑 쪽이나 신부 쪽 중에서 형편에 따라 가족대표 한사람이 하객에게 인사를 한다. 그리고 하객들이 계속해서 식사를 하면서 환담의 시간을 갖도록 장소를 안내한다.

9) 폐백, 피로연

신랑, 신부는 사진 촬영이 끝나는 대로 양쪽 부모님께 인사를 드린다. 장소는 예식장에 마련된 폐백실을 이용하거나, 신랑의 집이 가까우면 신랑 집으로 가서 하고, 여의치 못할 경우에는 적당한 방을 구하여 한다. 인사는 신랑 부모께 먼저 드린 뒤에 신부 부모께 인사를 하기도 한다. 인사드리는 방법은 신랑, 신부가 나란히 큰절을 한다. 이 때 전통혼인예복을 입고 폐백을 드리는데, 그 꾸밈새와 방식은 전통 혼례의 폐백을 그대로 이어받으려고 노력함으로써 조상들의 미풍양속을 지키려는 모습이 돋보인다.

피로연은 가정의례준칙 시행 후 하지 않는 경우도 있었으나, 요즈음은 식당을 지정해서 식사 대접을 하고 있다.

예식이 끝난 2, 3일 후에 신랑, 신부는 감사의 글월을 보내는 것을 예의로 생각하고 있다. 주례, 중매를 해준 분, 그리고 특별히 주빈으로 모셨던 분에게는 신랑, 신부가 함께 찾아가서 인사를 드리는 것이 상례이다.

10) 혼인 축하 및 답례

혼인예식에는 으레 축의금품, 그리고 답례품이나 답례를 위한 식사 대접이 따른다. 1980년대까지는 하객이 예식장에 갈 때 축의금이나 신혼살림에 필요한 생활 용품 등의 선물을 준비하여 가고, 신랑, 신부 측에서는 보자기, 수건, 쟁반, 또는 특징 있고, 저렴하고, 간소한 답례품을 마련해서 하객들에게 증정했다. 1990년대에 와서는 신랑, 신부 측에서는 식당을 정하여 식사 대접을 한다. 그 결과 비용은 비용대로 들고 가정의례준칙은 지켜지지 않는 결과가 되었다.

혼인을 축하해 주고, 그에 답례해야 하는 피차간의 인사는 미풍양속이면서도 적지 않은 부담이 되고 있는 실정이고, 요즈음에는 토요일 오후와 일요일이면 혼인예식장을 순회하면서 축의금 봉투를 전달하기 위하여 한 사람이 서너 군데씩 돌아다녀야 하는 경우도 있어서 경제적으로 큰 부담이 되고 있는 실정이다.

6. 종교의식에서의 혼례

가정에서 종교의식에 따른 의례를 행하는 경우에는 이 가정의례준

칙에 위배되지 않는 범위 안에서 그 종교의 의식절차에 따라 행할 수
있다.

① 기독교식 혼례

교회에서 예식을 하고 주례는 목사가 한다. 주일마다 예배가 있기
때문에 일요일에 예식을 올리는 것은 불가능하다 할 수 있다. 예식 비
용은 따로 계산할 필요 없이 성의껏 헌금을 하면 된다.

기독교식 식순의 예는 다음과 같다.

*주례 입석

*신랑, 신부 입장

*찬송

*성경 낭독

*기도

*성례문 낭독

*설교 또는 주례사

*서약

*예물 교환

*성혼 선언

*축가

*가족 대표 인사

*찬송

*축복 기도

*신랑, 신부 인사

*신랑 신부 퇴장

② 천주교식 혼례

신부가 주례가 되어 성당에서 의식을 거행하는 것으로 신랑, 신부가 가톨릭 신자일 경우에만 한다. 결혼식은 엄격한 성교예규(聖敎禮規)에 따라 거행되며 이혼이 인정되지 않는다.

결혼식 전에 혼인 상담 지도를 받아야 하며, 당사자들의 성명, 세례명, 생년월일, 등 신상명세를 기재한 혼인 신청서를 제출한다.

본당 신부의 혼인 승낙이 떨어지면 세례증서와 호적등본 한 통씩을 제출한다. 본당 신부는 결혼식 전에 혼인 당사자들을 직접 만나 진술서를 작성하며 혼인에 동의하는 친구나 친척 등을 만난다.

서류 절차가 모두 끝나고 나면 혼배 미사를 드린다고 게시판이나 주보에 공고를 한다.

천주교식 식순의 보기는 대략 다음과 같다.

*입장식 : 입당송과 본 기도

*말씀의 전례 : 제1독서(창세기), 제2독서(고린도전서), 복음(마태복음) 강론.

*혼례식 : 반지 축성과 예물 교환

*신자들의 기도

*성찬의 전례 : 봉헌 기도, 감사송, 영성체송, 영성체 후 기도, 미사 끝 강복.

③ 불교식 혼례

불교에서 혼인을 화혼식(花婚式)이라고도 하며 불교 신자가 아니더라도 불교식으로 식을 할 수 있다.

식은 대웅전에서 올리며 정면에 불단, 사혼자(司婚者)인 스님 좌석과 불단을 향해 오른쪽에 신랑, 왼쪽에 신부가 자리를 하고, 양가 친족의 자리가 마련된다. 불교에서는 신랑을 우바새, 신부를 우바이라고 한다.

불교식 식순의 보기는 대략 다음과 같다.

*개식 : 종을 다섯 번 친다.

*내빈 참석

*사혼자 등단 : 화동과 화녀의 안내로 주례인 사혼자 스님 입장.

*신랑, 신부 입장

*삼귀의례(三歸儀禮) : 사혼자가 불전 앞에 향을 사르고 불보(佛寶), 법보(法寶), 승보(僧寶)에 귀의한다는 독경을 하면 모두 일어서서 경배하고, 경을 읽으면 머리를 숙여서 경청한다.

*신랑, 신부 불전에 경례

*경백문(敬白文) 낭독

*상견례

*헌화 : 신랑은 오지화(五枝花)를 불전의 동쪽, 신부는 이지화(二枝花)를 불전의 서쪽에 놓는다.

*염주 수여 : 신랑에게는 흰 술이 달린 염주를, 신부에게는 붉은 술이 달린 염주를 준다.

*유고 및 선서

*독경

*폐식

식이 끝나면 신부는 신랑의 왼쪽에서 퇴장한다. 신랑과 신부가 퇴장하고 나면 친척들은 차례대로 본단 앞을 돌아서 식장 밖으로 나간다.

7. 결혼 축하

① 혼례에 사용하는 꽃

신부의 꽃은 하얀 꽃을 ,쓰며 면사포에 장식하거나 붙이는 조화(造花)는 오렌지꽃을 주로 쓴다. 새하얀색의 오렌지꽃은 그 모양이 아름답고, 게다가 향수의 원료로 쓰일 만큼 청량하고 상큼한 향기를 가지고 있다. 너그러움, 상냥함, 번영, 다산(多産) 등의 꽃말을 가진 오렌

지꽃은 신부의 머리를 장식하는 데 너무나 잘 어울리
는 꽃이다.

신부의 꽃다발도 흰색이 좋다. 근래에는 흰 장미나
진저, 프리지아 같은 조그마한 꽃들을 즐겨 쓴다. 그
러나 꼭 정해진 것은 아니고 계절에 따라 아름답고 향기로운 꽃을 선
택하면 된다. 혼례식에서 꽃을 다는 사람은 신랑, 신부와 양가 부모 및
주례로 한정 되어 있다. 그리고 화환이나 화분 또는 이와 유사한 장식
물의 진열이나 사용은 금지된다. (가정의례준칙 제4조)

여기서 유사한 장식물이란 장식용 테이프, 꽃가루, 꽃술, 딱총 등을
말한다. 그러나 요즘은 적당히 사용하며 예식장의 좌우에 화환이나 화
분 또 꽃바구니도 진열하고 있다.

② 축전

혼례식에 참석할 수 없을 때는 축전(祝電)을 보내서 축하의 뜻을 전
하는 것이 좋다.

축전은 도착 시간을 참작해서 미리 보내도록 한다. 축하 문구는 체
신부 제정 전보 문례(文例)를 이용하면 요금도 싸고, 특별히 도안된
예쁜 용지를 봉투에 넣어서 배달해준다.

③ 부조

선물이나 돈을 보내서 축하의 뜻을 표시하는 것이 부조다.

축하금을 보낼 때에는 깨끗한 흰 종이에 싸고, 단자(單子)를 써서 봉투에 넣어 보낸다. 만일 크기가 커다란 선물일 경우에는 글자만 봉투에 넣고 물품은 따로 포장하는 것도 괜찮다.

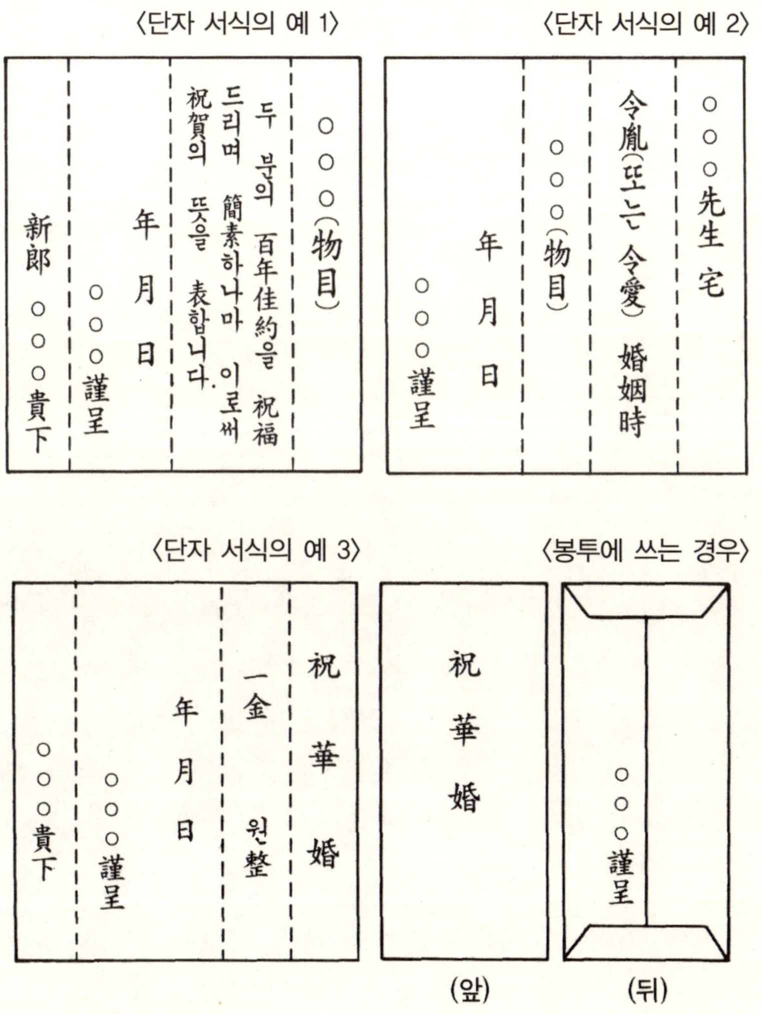

부조하는 물목(物目)을 기록한 것이 단자이다. 용지는 흰색의 종이에 쓰는 것이 좋다.

단자가 없이 봉투만 쓸 경우에는 봉투 앞쪽에 축하 문구를 쓰고 왼편의 약간 아래에 물목을 적는다.

[상례(喪禮)]

중국의 주자가례(朱子家禮)를 바탕으로

오랜 세월 속에서도 오늘까지 맥맥히

우리들의 관습으로 이어져오는 것이 바로 상례이다.

그처럼 엄격하고 까다로운 예법이지만

예를 다하여 장례를 지내되 지나친 공경은

예의가 아니라고 경계하였으니

허례, 허식에 기울지 않도록 해야겠다.

1. 상례의 뜻

상례란 자연인의 사망에서부터 치장(매장, 화장 등)식을 거쳐 상주들이 상기를 마치고 기제를 지내기 전까지의 모든 절차와 의례를 말한다.

즉 사람이 운명하여 대상(大祥)을 필한 후 담제, 길제(禫祭, 吉祭)를 지내는 것으로써 탈상(脫喪)하게 되는 3년 동안의 모든 의례(儀禮)를 말하는 것이다.

오늘날에는 대부분이 장의사에게 모든 의식의 집례를 통괄하여 맡긴다.

상례는 그 세부 절차나 집행방법에 있어서 각 지역이나 사회에서의 신분에 따라 많은 차이를 보인다.

장례는 장례일 삼일장, 오일장, 칠일장 등 장례 기간에 따라 명칭을 붙인다. 대개는 삼일장을 치른다. 삼일이란 기간은 부활(저승에 갔다가 되돌아오는 기간)에서 유래되었다고 한다. 숨은 한 번 끊어지면 그만인 것이다. 살아 있는 것은 호흡지간이라, 숨진 것을 알게 된 가족은 바로 상례를 준비해야 한다. 이때 초상(初喪)이란 말을 쓴다. 사람이 죽는 것은 한 번뿐이기에 초라고 하는 것이다.

부모가 돌아가시면 3년 동안의 상중에는 죄인으로 자처하고 묘 앞에 막을 치고 엎드려 밤낮으로 지키며 애모하였다는 미담을 수없이 들어왔다.

사람은 누구나 이 세상에 태어났다가 언젠가는 이 세상을 버리고 돌아오지 못하는 저승길로 영원히 떠나는 것이지만, 남아 있는 가족, 친척, 친지는 더 이상 슬프고 비통한 일이 없을 것이다.

그러기에 우리 관습에 관혼상제의 의례 중에서 가장 엄숙하고 정중하며 그 절차가 까다롭고 이론이 구구한 것이 상례이다.

중국의 주자가례(朱子家禮)를 바탕으로 오랜 세월 속에서도 오늘까지 맥맥히 우리들의 관습으로 이어져오는 것이 바로 상례이다. 그처럼 엄격하고 까다로운 예법이지만 예를 다하여 장례를 지내되 지나친 공경은 예의가 아니라고 경계하였으니 허례, 허식에 기울지 않도록 해야겠다.

2. 현대(現代)의 상례(喪禮)

현대 상례는 주거 문화의 변화에 따라 아파트 생활이 보편화되어 상례를 가정에서 행하기는 실제로 어려운 경우가 많다. 이에 따라 병원 영안실이나 장례 예식장을 통한 상례가 대부분이다. 따라서 전통적인 상례의 모습은 찾아보기 힘들고, 특히 외래 종교의 유입으로 다양한 종교적 상례 의식이 행하여지고 있다. 전통 상례에서도 유교에 의한 예법이 중시되었다고는 하나, 장례 절차에 있어서는 우리의 토속신앙(土俗信仰)과 불교 의식이 많이 가미되었던 것이 사실이다. 이와 같이 예나 현대나 상례 절차는 그때의 상황에 따라 변모하기 마련이다. 그러므로 어떤 의식 절차가 맞는다고 말하기는 어렵다

상례를 치르는 데에 있어서 가장 우선되는 것은 마음으로부터 나오는 진정한 슬픔이라는 것을 잊어서는 안 된다. 예를 행함에 있어 마음보다 의식절차에만 치우친다면 예라 할 수 없고, 그렇다고 비통함을 핑계로 예를 가볍게 여긴다면 사람의 도리가 아닐 것이다. 까닭에 상례는 마땅히 슬픔과 예가 함께 갖추어져야 비로소 그 의의를 다했다고 할 수 있을 것이다.

1. 상례의 변천

　전통 상례에서는 사람이 죽으면 매장하기까지의 기간을 7월장(葬), 5월장, 3월장, 유월장(踰月葬)이라고 해서 짧아도 30일 이상이었지만 최근에는 3년 상은 거의 없다고 할 수 있고, 백일(百日)에 탈상(脫喪)을 하는 것이 대부분이며, 오늘날은 일반적으로 3일장을 치르고 있다. 따라서 그 절차도 고례(古禮)를 그대로 따라서 할 필요가 없다.

　고례에는 임시 묘소라고 할 수 있는 초빈(草殯)을 설치하고 모셨다가 다시 장례를 치렀으나 오늘날은 즉시 매장해서 묘지를 조성한다. 또 예전에는 대여(大輿)라고 해서 상여를 썼으며 많은 인력이 필요했으나 요즈음은 장의차(葬儀車)를 이용하므로 아무리 먼 거리라도 쉽고 빠르게 옮길 수 있다. 또 상제들이 입는 상복의 옷감이나 짓는 방법이 각각 달라서 복잡했으나 요즈음은 옛날과 같은 재질을 구하기도 어려울 뿐만 아니라보다 간편한 것을 추구하는 추세로 많이 달라졌다. 즉 살아 있는 사람 위주로 상례를 치르는 경향이 바뀐 것이다.

2. 유언(遺言)

　임종이 가까워지면 가족들은 침착하고 조용하게 자손, 가족, 친지들에게 남기고 싶은 말, 재산, 사업의 처리 등을 대답하기 쉽도록 묻고 그 대답을 기록, 또는 녹음을 하는 것이 유언이다.

유언은 여러 사람이 지켜보는 가운데서 다른 사람이 대리로 받아쓰는 것이 정확한 법이다.

|법에서 인정하는 유언| 망자가 재산을 남기고 죽을 경우 그 재산이 누구에게 돌아갈 것인가에 대해서는 생전에 유언이 남아 있다면 그 내용에 따르겠지만, 유언이 없을 때는 법률의 규정에 따라 상속받게 된다. 흔히 유언은 '죽을 때 마지막으로 남기는 말'이라고 생각하기 쉬우나 법적으로는 일정한 방식에 따라 행해진 것에 한하여 그 효력을 인정한다.

첫째, 자필(自筆)로 쓰는 방식으로, 유언자가 유언의 내용과 작성 날짜(년, 월, 일), 주소, 이름을 직접 쓰고 도장을 찍어야 한다.

유언장을 고쳐 쓸 경우에는 삽입, 삭제, 변경 사실을 따로 쓰고 도장을 찍어야 한다. 본인이 직접 써야 하므로 대신 쓰게 하거나 프린트된 것 등은 인정되지 않는다.

둘째, 녹음해 두는 방식. 유언자가 유언의 내용과 이름, 녹음한 날짜를 말하여 녹음하고 증인이 유언의 확증과 증인 자신의 이름을 녹음해야 한다.

셋째, 공정증서(公正證書)를 작성하는 방식으로 두 명의 증인이 참여한 가운데 공증인 앞에서 유언의 내용을 말하면 공증인이 이를 받아쓰고 낭독하여 유언자와 증인이 그 정확함을 승인한 후 각자 서명, 날인하는 방법이다.

넷째, 비밀증서(秘密證書)에 의한 유언방식이다. 유언자가 유언서(본인의 이름을 기재한 것)를 작성하여 봉투에 넣어 봉인을 찍은 뒤 두 명 이상의 증인에게 제출하여 자기 유언서임을 표시한 후, 그 봉투 겉면에 유언자 본인과 증인이 각각 서명 날인하고 증인에게 제출한 날짜를 쓴 뒤 5일 이내에 공증인이나 법원서기에게 제출하여 봉인 위에 확정일자인을 받아야 한다.

마지막으로 구수증서(口授證書)에 의한 방식으로 질병 기타 급박한 사정으로 위와 같은 방식의 유언을 할 수 없을 때 유언자가 두 명 이상의 증인이 참여한 가운데 유언을 하면 그 중 한 사람이 이를 받아쓰고 낭독하여 유언자와 증인이 그 정확함을 승인한 후 각자 서명, 날인하는 것이다. 이 경우에는 증인이나 이해관계인이 급박한 사유가 소멸되는 날로부터 7일 이내에 법원에 검인신청을 해야 한다.

이상의 다섯 가지 방식 이외의 유언은 법이 인정하지 않는다. 그리고 미성년자, 금치산자, 한정치산자 또는 유언에 의하여 이익을 받을 자나 그 배우자, 직계 혈족은 유언의 증인이 될 수 없다.

3. 임종(臨終)

소생할 가망이 없는 병자를 정침(正寢)에 옮긴다. 가령 사랑방에서

병들어 죽게 되었으면 그 집 안방이 정침이 된다.

숨지는 순간이므로 집 안팎을 깨끗하게 치우고 정침에 병자의 머리를 동쪽으로 향하게 해서 방 북쪽에 눕힌다. 옷을 벗겨 새 옷으로 갈아입히고, 가족들도 옷을 갈아입고 조용히 운명을 기다린다.

남편은 부인이 있는 데서 부인은 남편이 있는 데서 숨지게 하지 않는다는 풍습이 있으나 고루한 사상이라 생각되고, 식구들이 모인 가운데 편안히 운명하게 하는 것이 좋다.

4. 사망진단(死亡診斷)

임종을 하면 즉시 의사에게 사망을 확인하게 하고 사망진단서를 받도록 한다. 이것은 사망신고나 매장, 또 화장 수속에 필요한 것이다.

5. 수시(收嚴)

병자가 운명하면 지체하지 말고 깨끗한 백지나 솜으로 코와 귀를 막고, 눈을 감기고, 입을 다물게 한 뒤 머리를 높게 하여 고이고 손발을 바르게 놓는다. 다음에 홑이불로 덮은 다음 시상(屍床)으로 옮겨 병풍이나 장막으로 가린다. 그 앞에 고인의 사진을 모시고 촛불을 밝힌 후 향을 피운다.

6. 상제(喪制)

죽은 사람의 배우자와 직계 비속(자녀, 손자, 손녀)은 모두 상제가
된다.

상주(喪主)는 장자가 되고, 장자가 없는 경우에는 장손이 상주가 된
다. 장자나 장손이 없을 때는 차자나 차손이 상주가 된다. 자손이 없는
경우에는 가장 가까운 친척이 상례를 주관한다.

복인(服人)의 범위는 죽은 이의 8촌 이내 친족으로 한다.

7. 호상(護喪)

상중에는 호상소를 마련하고 복을 입은 근친이 아닌 친족이나 친지
중에서 상례에 밝고 경험이 있는 사람을 택해서 상주를 대표하여 장례
의 절차, 진행, 부고, 사망신고, 매장(화장)의 허가, 신청 등 모든 일
을 처리하게 한다. 그리고 서기를 두어 조객의 내왕, 부의록, 경비 출
납 등을 기록하도록 한다.

8. 발상(發喪)

수시가 끝나고 나면 가족 모두 검소한 옷으로 갈아입고 슬퍼한다.
맨발이나 머리 푸는 것 등은 하지 않고 곡을 하는 것도 삼간다.

발상은 초상(初喪)을 알리는 것으로 근래에는 장의사(장례의 절차
와 필요한 물품을 상비하고 영업하는 업소)가 있어서 검은색 줄을 친
장막 즉 '謹弔'라고 쓴 등, '忌中'이라고 쓴 벽보를 대문에 붙여 초상을
알린다.

9. 장례식의 방법과 절차

① 가족장은 죽은 사람의 사회적 직위나 위치에 맞는 장례식을 정하
고 단체장은 해당 단체 기관과 상의하도록 한다.
② 매장인지 화장인지를 정하고 매장일 때에는 묘지 장소, 화장할
때에는 화장장을 결정한다.
③ 출상 시기와 영결식 장소를 정한다.
④ 장례식을 전통식으로 할 것인가, 현대식으로 할 것인가, 아니면
종교식으로 할 것인가를 결정한다.
⑤ 부고를 알릴 범위와 방법을 정한다.

10. 부고

부고는 상이 났음을 알리는 통지서로서 가까이 사는 일가친척에게
는 말로 전하고 나머지는 호상의 지시에 따른다.

金某氏 大人 學生慶州金公 以宿患(老患)
陰某月某日午前某時 於自宅別世 玆以訃告
發靷　月　日　午前　某時
葬地　郡　面　里　暮山
　　　　　年　月　日

嗣子　○○
次子　○○
孫　○○
弟　○○
姪　○○
婿　○○○
親族代表　○○○
友人代表　○○○
護喪　○○○

○○의 아버님 ○○○께서 노환으로 ○월 ○일 ○시에
별세하셔서 다음과 같이 장례를 모시게 되었기에 이에
아뢰나이다.

영결식 일시 : ○월 ○일 오전 ○시
영결식장 : ○○○○○
장　　지 : ○○○○○　　　○○○○년 ○월 ○일
　　　　　　　　　　　　　　　호상 ○○○아룀
○○○귀하

　장례식 일정과 장지가 결정되면 호상은 알려야 될 사람들에게는 빠짐없이 부고를 내야 한다. 요즘에는 개별 부고는 하지 않고 신문에 게재하거나 아는 사람끼리 연락을 취한다.

부고에 복인들의 이름을 쓸 때는 주상의 이름을 먼저 쓰고 다음에 미망인, 다른 아들, 며느리, 딸, 손자의 순으로 쓴다.

11. 염습(殮襲)

염습이란 죽은 이의 몸을 씻기고 수의를 입혀 염포로 묶는 것을 말하며, 준비가 되는 대로 염습하는 것이 원칙이다.

염습의 절차와 준비물은 전통 예법과 같다.

시체를 씻은 물, 수건, 고인이 입었던 옷 등은 불살라 땅에 묻는 것이 위생적이라고 할 수 있겠다.

수의는 입히기 쉽게 속옷과 겉옷을 겹쳐서 입히며, 아래부터 위의 차례로 입힌다. 옷고름은 매지 않고, 단추도 꿰지 않으며 옷깃은 산 사람과 반대로 여민다.

12. 입관(入棺)

소렴 대렴이 끝나고 나면 입관을 하게 되는데, 염습을 한 후에 바로 입관하는 것이 좋다. 입관할 때에는 관의 벽과 시신 사이의 공간을 깨끗한 백지나 마포로 채워 시체가 관 속에서 흔들리지 않게 한 후에 홑이불로 덮고, 관 뚜껑을 덮은 후 은정(隱釘＝나무로 만든 못)을 박는다. 그리고 관상명정(棺上銘旌)을 쓴 다음에 장지(壯紙)로 싸고 노끈으로 묶는다.

13. 영좌(靈座)

입관 후에는 병풍이나 포장으로 가리고, 영좌를 마련해서 고인의 사진을 모시고 촛불을 밝히고 향을 피운다.

영좌의 오른편에는 명정을 만들어 세운다.

영좌 앞에 탁자를 놓고 술잔과 과일을 차려 놓고 조석으로 평상시처럼 분향하고 고인이 애용하던 물건도 차려 놓는다.

14. 명정(銘旌)

명정은 죽은 사람의 관직이나 성씨 등을 기록하여 상여 앞에 들고 가는 깃발을 말하는데 영좌의 오른쪽(서쪽)에 세워 두어도 되고 병풍이 있으면 병풍에 걸쳐 두어도 된다.

명정은 양끝에 가는 대나무를 대고 꿰매서 접히지 않게 한 뒤에 흰가루를 아교에 개어서 세로로 쓴다.

*벼슬 없는 남자 (예전)

學生全州李公之柩

*벼슬 없는 사람의 부인(예전)

孺人密陽朴氏之柩

*벼슬했었던 남자(현재)

敎長全州李公哲昊之柩

*벼슬했었던 사람의 부인(현재)

夫人安東金氏楊順之柩

아무리 낮은 관직이라도 반드시 쓰도록 하고, 관직에 있던 남자의 부인을 유인(孺人)이라고 쓰는 것은 잘못이다. 또한 이름을 분명히 쓰는 것이 좋다.

15. 상복(喪服)

상복은 한복일 경우 백색이나 흑색으로 하고, 양복은 흑색으로 하되 왼쪽 가슴에 상장(喪章)이나 흰 꽃을 단다. 부득이한 경우에는 평상복으로 해도 된다. 상장의 감은 베로 하고 상복이 백색이면 흑색 상장, 상복이 흑색이면 백색 상장을 하는 것이 합리적이다.

상복을 입는 기간은 장례가 끝나는 날까지로 하고 상장을 다는 기간은 탈상까지로 한다. 굴건제복(屈巾祭服 : 전통 예법의 제복)의 착용

은 일절 금한다. (가정의례준칙 제4조 1항)

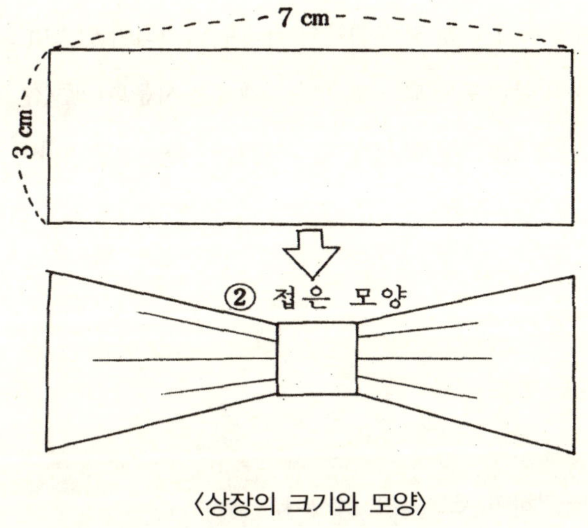

〈상장의 크기와 모양〉

16. 성복례(成服禮)

상주와 주부를 비롯한 복인들이 각각 상복을 입고 서로 복인이 된 것에 대해 인사하는 절차로, 이 절차가 끝난 후에라야 문상객을 받을 수 있다.

예전에는 대렴을 한 다음날 성복례를 했으므로 사망한 지 나흘째 되는 날이었지만, 요즘은 3일장이기 때문에 입관을 하면 즉시 성복례를 한다.

17. 조문(弔問)

가정의례준칙에 주류 및 음식물의 접대는 금지되어 있으며 조화(弔花)도 보내지 못하도록 되어 있으나 실제로는 사문화(死文化)되어서 지켜지지 않고 있다. 예부터 가까운 사람들이 죽음을 슬퍼하여 상가를 찾아가 영좌 문상을 하는 것은 금할 수 없는 미풍양속으로 전해왔기 때문이다.

18. 조사(弔詞)

고인을 슬퍼하며 쓰는 글이 조사다.

전통 상례의 만장에 해당되는 것인데 시를 짓는 사람도 있다. 본인이 직접 장례식에 참석하여 낭독하기도 하고, 신문, 잡지 등에 게재하기도 한다. 또 먼 곳에서 우편 등으로 보내기도 한다.

사람의 죽음에는 천명을 다한 사람, 요절(夭折), 전사(戰死), 순직(殉職), 비명횡사(非命橫死) 등 여러 가지가 있을 것이므로 그 죽음의 처지에 따라서 슬픔도 다르고 위로하는 말도 다를 것이므로 경우에 따라 애도를 표해야 한다.

19. 만장(輓章)

만장이란 고인의 죽음을 슬퍼하며 지은 글을 비단이나 종이에 써서 기를 만들어 상여 뒤를 따르게 하는 것인데 가정의례준칙에 금지 사항으로 되어 있다.(가정의례준칙 제14조 제1항 5)

20. 장일(葬日)과 장지(葬地)

장일은 부득이한 경우를 제외하고는 사망한 날로부터 3일이 되는 날로 한다.(가정의례준칙 제10조)

옛날부터 전해온 관습으로는 우수[짝수]를 쓰지 않고 기수[홀수]를 써서 3일장, 5일장, 7일장으로 하여 왔고 또는 일진이 중상일(重喪日)인 경우를 피하여 장일을 정했다. 또 가세, 신분, 계급에 따라 장일을 결정했다.

요즘에도 일부 지방에서는 앞에서 말한 것에 준하여 장례를 치르는 곳도 있지만, 대부분이 3일장을 지내고, 장사는 매장이나 화장으로 한다.

장지는 일반적으로 공동묘지를 이용하지만, 경제적으로 여유가 있는 집안에서는 가족 묘지나 선산으로 모시기도 한다. 그러나 부유층의 일부에서 하는 것처럼 호화 분묘 문제로 물의를 일으키는 일은 없어야겠다.

합장을 하는 경우에는 좌남여우(左男女右)로 한다.

21. 천광(穿壙)

묘 자리를 파는 일이 천광이다.

깊이 1.5m정도로 미리 파 준비해야 하는데, 이때 일꾼들이 땅에 술을 뿌리며 토지신을 달래는 의례를 말로 하기도 하지만, 대부분 술, 과일, 어포, 식혜 등으로 제상을 차려 개토고사(開土告辭)를 읽는 것이 관례다.

묘소의 왼편에 남향으로 제상을 차려놓고 고사 올리는 사람이 신위 앞에 북향하여 분향하고 두 번 절하고 나서 술을 부어 개토고사를 읽은 뒤 두 번 절한다. 그리고 선산에 장사하려면 먼저 선영(先塋)에게 고사 지내되 제일 가까운 분에게 제를 올린다.

維歲次(干支) (某)月 (干支朔) (某)日 (干支)

幼學(某) 敢昭告于

土地之神 今爲(某官) 窆兹幽宅 神其保佑 俾無

後艱 謹以 清酌脯醢(果) 祇薦于神 尚饗

ㅇㅇ년 ㅇ월 ㅇ일 ㅇㅇㅇ는 감히 고합니다. 이제 ㅇㅇㅇ의 묘를 마련하니 신께서 도우셔서 후에 어려움이 없게 해주시기 바라며 청주와 포과를 올리니 흠향하옵소서.

22. 횡대(橫帶)와 지석(誌石)

횡대는 나무판 또는 대나무로 만들어 관에 회가 닿지 않게 하는 것이고, 지석은 돌이나 회 벽돌, 사발, 질그릇에 글을 쓰거나 새겨서 훗날에 묘를 표징하기 위한 것이다.

돌이나 벽돌의 경우에는 위쪽에 '○○○○○(본관 성명)의 묘', 앞쪽에 '생년월일, 사망 연월일, 배우자 성명', 뒤쪽에 '상주의 이름, 밑에는 고인의 약력'을 먹 글씨로 양각 또는 음각한다.

사발이나 질그릇의 경우는 안쪽에 본관, 성명을 먹으로 기록하고 불에 쪼여 말린 다음 재를 채워 엎어 묻는다.

23. 발인제(發靷祭) = 영결식(永訣式) (가정의례 준칙 제83)

발인제는 영구가 상가 또는 장례식장을 떠나기 직전에 영구와 영위를 작별하는 의식으로 상가 또는 장례식장에서 행한다.

발인제에는 영구를 모시고 그 옆에 명정을 세우며 제상에는 사진 또는 위패를 모시고, 촛대, 향로 및 향합을 준비한다.

***발인제의 식순**

○ 개식

○ 주상, 상제들의 분향

○ 고인의 약력 소개

○ 조객 분향

○ 폐식

발인제는 영결식이라고도 하며 죽은 사람과의 마지막 작별을 하는 의식으로 특별한 장소에서 하기도 한다. 죽은 이가 널리 이름이 알려져 있으면 영결식을 거행하는 것이 좋다.

개식은 호상이나 친지 중에서 주관하며 향을 피우고 잔을 올린 후 상제들이 일제히 재배한다. 의식이 끝나고 나면 상가나 장례식장을 출발한다.

이 의식이 진행되는 가운데 고인과 가까운 친지 한두 사람이 조사(弔詞)를 낭독하여도 무방하다.

24. 운구(運柩) (가정의례준칙 제15조)

운구란 글자의 뜻 그대로 관을 나르는 것이며, 영구차로 한다. 특별한 경우에는 상여로 하는데 사치스런 장식을 해서는 안 된다.

운구를 함에 있어서 행렬 순서는 사진, 명정, 영구, 상제 및 조객의 순으로 한다.

상여로 운구하던 절차의 노제(路祭), 반우제(返虞祭), 삼우제(三虞祭)는 가정의례준칙에는 지내지 않는 것으로 되어 있으나 잘 지켜지지 않고 있다. 노제란 장지에까지 이르는 도중에 고인의 친구, 친척이

지내는 의식이다.

25. 하관(下棺)과 성분(成墳)

영구가 장지에 도착하게 되면 묘역(墓域)을 다시 살펴보고 하관을 한다.

먼저 명정을 풀어 관 위에 덮고 상제들이 관 양쪽에 마주 서서 두 번 절한다. 하관할 시간을 맞추어 결관(結棺)을 풀고 영구를 반듯하게 한다. 천개(天蓋) 즉, 회(灰) 등을 덮고 평토(平土)한다.

평토가 끝나고 나면 준비한 지석(誌石)을 오른편 아래쪽에 묻고 성분한다.

하관할 때 산폐(山幣 : 폐백)를 드리기도 하는데 이것은 현(玄 : 파란 실), 훈(纁 : 붉은 실)을 상주가 집사에게 주면 집사가 현은 관의 동쪽 위에, 훈은 서쪽 아래쪽에 놓고 상주가 재배하는 것이다.

26. 위령제(慰靈祭)

① 위령제 〔가정의례준칙 제9조〕

위령제는 성분을 끝낸 후 그 무덤 앞으로 영좌(靈座)를 옮기고 간소한 제수를 차려놓고 분향, 잔 올리기 축문 읽기, 배례(拜禮)의 순으로 진행한다.

화장하는 경우의 위령제는 화장이 끝난 후 영좌를 유골 함으로 대신하고 매장의 경우에 같은 절차로 행한다.

〈축문의 보기 1〉

년　　월　　일

아들은(또는 손자) ○○은 아버님(또는 할아버님)
영전에 삼가 고하나이다. 오늘 이곳에
유택을 마련하였사오니 고이 잠드시고
길이 명복을 누리옵소서.
(어머니, 할머니의 경우에도 이에 준한다.)

〈축문의 보기 2〉

년　　월　　일

남편(또는 아내) ○○은 당신의 영 앞에 고합니다.
오늘 이곳에 유택을 마련하였으니 고이 잠드시고
길이 명복을 누리소서.

② 반우(返虞)

집으로 돌아올 때 혼백을 모셔온다는 뜻의 반우는 신주(神主)를 영여(靈輿)에 모시고 집사가 분향하여 술을 부어놓으면 상제들은 오른편에 꿇어앉아 반혼고사(返魂告辭)를 읽은 다음 모두 곡하고 재배한 다음에 집으로 돌아온다.

〈반혼고사(返魂告辭)〉

維歲次○(太歲)　○月 ○(月建)　朔○日 ○(日辰)
○○○(告辭者이름)　敢昭告于
顯○(祭位) ○○○(官名姓名) 形歸窀穸
神返室堂 神主未成 權奉紙榜 伏惟尊靈

지방이 아니고 사진을 모셨을 경우에는 권봉(사진)이라 쓴다.

27. 첫 성묘(省墓)

첫 성묘는 장례를 지낸 지 3일 만에 간다.

예전 관습으로는 성묘가기 전에 먼저 우제를 지냈다. 우제는 혼백을 편안히 모신다는 뜻의 제사이며 초우(初虞)는 묘소에서 돌아온 그날 저녁에 영좌에 혼백을 모시고 제례로 지낸다.

재우제(再虞祭)는 장사 지낸 그 이튿날 지내는 것이고, 삼우제(三虞祭)는 재우를 지낸 다음날 식전에 지내는 것이다

28. 탈상(脫喪)

부모, 조부모, 배우자의 상기(喪期)는 사망한 날로부터 백일까지이고 기타의 경우에는 장일(葬日)까지로 한다.

상기 중에 신위를 모셔두는 궤연(几筵)은 설치하지 않으며 탈상제는 기제(忌祭)에 준한다.

예전의 관습으로는 초상난 날로부터 만 2년 동안 복을 입으면서 매월 초하루와 보름날 아침에 상식(上食)하고 명절에 차례를 지내며 소상(小祥)과 대상(大祥)의 제례를 지낸 후 맨 마지막에 올리는 절차가 탈상이다.

이것으로 한 사람의 죽음에 따른 상례의 절차는 모두 끝나고, 망자는 유족이나 친지들의 기억에 남아 해마다 돌아오는 기일(忌日)에 고인을 추모하게 하는 예를 지내는 것이다.

〈축문의 보기〉

아들은(또는 손자) ○○은 아버님 영전에 삼가 고하나이다.

세월은 덧없이 흘러 어느덧 상기를 마치게 되었사오니

애모하는 마음 더욱 간절합니다. 이에 간소한 제수를 드리오니

강림하시어 흠향하시옵소서.

3. 기독교에서의 장례(葬禮)

1. 일반 장례식

① 영결식

*개식사(開式辭) : 주례 목사

*찬송 : 주례 목사가 선택한다.

*기도 : 고인의 명복을 빌며 유족들을 위로한다.

*성경 봉독 : 주로 고린도후서 5장 1절, 또는 디모데전서 6장 7절을 낭독한다.

*시편낭독 : 주로 시편 90편을 읽는다.

*신약 낭독 : 주로 요한복음 14장 1절부터 3절 또는 데살로니가전서 4장 13절부터 18절을 낭독한다.

*기도

*약력 보고

*주기도문

*출관(出棺)

② 하관식

*기도 : 주례 목사

*성경 봉독 : 고린도전서 15장 51절부터 58절까지 낭독.

*선고 : 참석자 중 한 사람이 흙을 집어 관에 던지고, 목사는 하나님께로부터 왔다가 다시 돌아감을 선언.

*기도 : 주례 목사의 명복을 비는 기도.

*주기도문

*축도(祝禱)

2. 아동의 장례식

① 영결식

*식사 : 주례 목사의 개식사

*찬송 : 주례 목사가 선택.

*기도 : 명복을 비는 기도.

*성경 봉독 : 마가복음 10장 17절 낭독.

*위안사 : 주례 목사가 가족들에게 하는 위안의 말.

*기도

*출관

② 하관식

*찬송

*기도

*성경 봉독 : 시23편 1절~5절 또는 요한계시록 22장 1절~5절

*주기도문

*축도 : 주례 목사의 기도.

이상이 기독교식 장례의 대략적인 순서이다.

4. 천주교에서의 장례(葬禮)

천주교에서의 장례는 〈성교예규(聖敎禮規)〉에 자세히 풀이가 되어 있다.

운명할 때 하는 성사(聖事)를 종부(終傳)라 하는데, 가급적 병자가 의식이 있을 때 신부를 청하여 종부성사를 받는다

죽은 사람의 얼굴, 눈, 귀, 코, 입, 손, 발을 씻기어 성유(聖油)를 바르고 옷을 갈아입힌다. 상 위에 백지나 백포를 깔고 그 위에 고상(苦像), 촛대 둘, 성수 그릇, 성수채, 맑은 물을 담은 작은 그릇 등을 준비한다.

1. 종부성사

주례 신부가 오면 고해성사(告解聖事)를 하기 위해서 상 위에 있는 촛대에 불을 켜고 다른 사람들은 물러난다. 고해성사가 끝나면 노자성체, 종부성사, 임종 전 대사의 순서로 성사를 진행한다.

2. 임종 전 대사

신부가 없어도 종부성사는 운명할 경우에도 받을 수 있으므로, 가족들은 병자를 위해서 위로와 격려의 말을 하고 감명 깊은 책 등을 읽어준다.

3. 운명

운명 시에는 촛불을 밝히고 임종경을 외거나 성모덕서도문 등을 읽는다. 염경(念經)은 숨이 멈춘 다음에라도 한동안 계속한다. 운명할 때는 될 수 있는 한 운명하는 이의 마음이 불안하지 않게 큰 소리로 울지 않는다.

4. 초상

임종 후에는 시신에 깨끗한 옷을 갈아입힌 뒤 얼굴을 매만져 눈을 감기고 입을 다물게 하고 수족을 바르게 한다. 손은 합장시켜 묶거나 십자고상(十字苦像)을 잡게 하고 한다. 망자의 머리맡에 고상을 모시고 그 좌우에 촛불을 켜고 성수 그릇과 성수를 놓는다. 입관 때까지 이렇게 놔두고, 가족들은 그 옆에 꿇어앉아서 연도(煉禱)를 한다.

5. 연미사

운명을 하면 바로 본당 신께 보고하는 동시에 미사예문을 드려 연미사를 청한다. 장례일과 장례 미사시간을 신부와 의논하여 결정한다.

6. 장례식

장례일이 되면 성당으로 영구를 옮겨 연미사 및 사도예절을 거행한다. 〈성교예규〉에 따라 입관과 출관, 행상하관을 하고 화장은 금한다.

7. 소기(小朞)와 대기(大朞)

장례 후 3일, 7일, 30일에 연미사를 드리고, 소기와 대기 때에 연미사와 가족의 고해, 영성체를 한다.

예전의 교인들은 초상 때나 소기, 대기 때에 재래식 상례 중 신앙의 본질에 어긋나지 않는 범위에서 택하였다.

간소한 음식 대접이라든가, 묘소를 찾아 떼를 입힌다든가, 성묘하는 것 등은 무방한 일이다.

5. 불교에서의 장례(葬禮)

*다비(茶毗)

불교의 의례 규범인 〈석문의범(釋文儀範)〉을 보면 추도 의식의 순서로 장례식을 거행한다고 되어 있다.

불교에서의 다비란 장례를 뜻하는 말이다.

임종에서부터 입관에 이르기까지 일반 장례식과 거의 같고, 영결식을 하는 데만 정해진 순서가 있다.

*개식 : 호상이 한다.

*삼귀의례(三歸依禮) : 불(佛), 법(法), 승(僧)의 세 가지 삼보(三寶)에 돌아가 의지한다는 뜻으로 주례승이 불교의식에서 항상 행하는 의례이다.

*약력 보고 : 망인과 생전에 가까웠던 친구가 망인을 추모하는 뜻으로 한다.

*착어(着語) : 부처님의 교법(敎法)의 힘을 입어 주례승이 망인을 안정시키는 말이다.

*창혼(唱魂) : 극락세계에 가서 고이 잠들라는 것으로 주례승이 요

령(搖鈴)을 치며 한다.

　*헌화(獻花) : 유지나 친지 대표가 한다.

　*독경(讀經) : 망인의 혼을 안정시키고, 이 세상의 인연을 잊고 부처님의 세계에 고이 잠들라고 주례승과 참례자 모두가 하는 염불이다

　*추도사 : 초상에서는 조사라고 하며 일반 장례에서와 같다.

　*소향(燒香) : 일동이 함께 향을 피우며 망인을 추모, 애도한다.

　*사홍서원(四弘誓願) : 주례승이 하며 내용은 다음과 같다.

　① 중생무변서원도(衆生無邊誓願度) - 중생은 끝이 없으니 제도(濟度)하여 주기를 바라는 것.

　② 번뇌무진서원단(煩惱無盡誓願斷) - 인간의 번뇌는 다함이 없으니 번뇌를 끊기를 기원함.

　③ 법문무량서원학(法問無量誓願學) - 불교의 세계는 무한하니 배우기를 기원하는 것.

　④ 불도무상서원성(佛道無上誓願成) - 불도보다 더 훌륭함은 없으니 불도를 이루기를 원한다는 것.

　*폐식 선언.

　이러한 절차로 행하며 형편에 따라 가감하기도 한다. 그러고 나서 장지로 향한다. 불교에서는 거의가 화장을 하는데 분구(焚口)에 넣고 다 탈 때까지 염불을 계속하며, 다 타고난 뒤에 법주(法主)가 흰 창호지에 유골을 받아서 상제에게 주면 쇄골(鎖骨)한 후에 절에 봉안하여 제

사를 지낸다. 그리고 봉안한 절에서 49제, 백일제 내지 3년 상을 치른
다. 3년 상이 끝나면 봉안도에 있는 사진을 떼어내는데 이것은 일반의
상례에서 궤연을 철거하는 것이다.

6. 천도교에서의 장례(葬禮)

1. 수시(收屍)

천도교에서는 사람의 죽음을 환원(還元)이라고 한다. 환원을 하고 곧바로 천도교 의식의 용어로 청수(淸水)를 봉전(奉奠)하고 가족 모두가 심고(心告 : 한울님께 고하는 기도)한 후에 수렴한다.

2. 수조(收弔)

정당(正堂)에 청수탁(淸水卓)을 설치하고 조문하는 사람들이 이 앞에서 심고한 후 상주에게 조의를 표한다.

3. 입관(入棺)

입관에 앞서 명정을 다음과 같이 쓴다.

天道敎 神男(또는 女) ○○○氏之柩

원직(原職 : 천도교의 직분)이 있는 경우에는 신남(신녀) 대신에 직명과 도당호(道堂號 : 교도의 호명)를 표시한다.

입관을 마친 후 청수를 봉전하고 심고를 한다.

4. 성복식(成服式)

검정색 상복을 입으며 역시 청수를 봉전하고 심고한다.

5. 운구(運柩)

성복식을 끝내고 운구를 하는데 영결식을 자택에서 할 때는 운구식을 생략하며 발인 때에 행한다. 영결식은 자택이나 특정한 장소에서 행하며 그 절차는 다음과 같이 한다.

*개식

*청수봉전

*식사(式辭)

*심고 : 모두 같이 한다.

*주문(呪文) : 3회 병독(並讀).

*약력 보고

*위령문 낭독

*조사(弔辭) : 내빈 중에서 대표로 낭독한다.

*소향(燒香)

*심고(心告)

*폐식

6. 상기(喪期)와 기도식

상의 기간은 배우자의 부모와 부부인 경우는 150일이며 조부모, 숙부, 형제자매는 49일이다.

위령 기도는 환원일(사망한 날)로부터 7일, 31일, 49일 되는 날 행하며, 그 순서는 다음과 같이 한다.

*재계(齋戒), *청수봉전, *심고, *주문(呪文), *심고, *폐식.

7. 제복식(除服式)

환원 후 150일 되는 오후 9시에 다음과 같은 순서로 한다.

*재계, *청수봉전, *제복, *식사(式辭), *심고, *주문, *추도사, *심고, *폐식.

[제례(祭禮)]

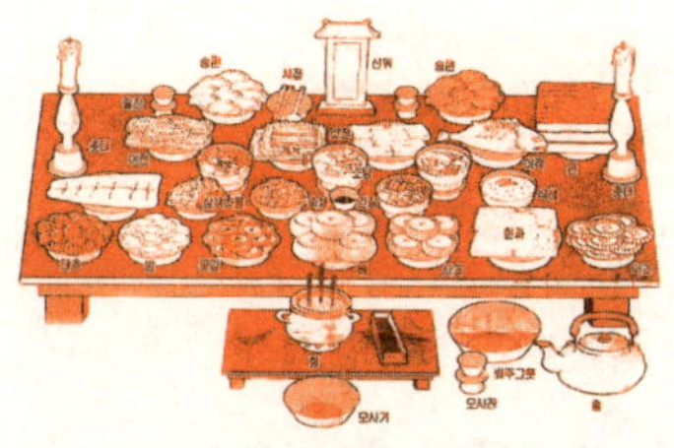

제례란 조상의 제사를 모시는데 대한

여러 가지 예를 일컫는 말이다.

뿌리 없는 나무가 없듯이 조상 없는 자손은 있을 수 없다.

나를 낳아 길러주시고 가르쳐주신 선조에 대하여

인륜의 도의로 정성껏 제사를 모시는 것은

자손으로서 당연한 도리인 것이다.

아무리 바쁜 생활에 쫓기는 현대인이지만

일년에 한 번 돌아오는 조상의 기일만이라도

보은 감사의 마음을 가지고 예를 지킴이 옳다고 본다.

1. 제례의 뜻

부모의 제일을 기제라고 하는데, 기(忌)의 뜻은 휘(諱)한다는 것으로 그 날을 금기(禁忌)한다는 말이다. 옛날에 군자는 부모의 종신상(終身喪)을 입는다고 하여 제삿날은 더욱 경건하게 하였다고 한다.

제례란 조상의 제사를 모시는데 대한 여러 가지 예를 일컫는 말이다. 뿌리 없는 나무가 없듯이 조상 없는 자손은 있을 수 없다. 나를 낳아 길러주시고 가르쳐주신 선조에 대하여 인륜의 도의로 정성껏 제사를 모시는 것은 자손으로서는 당연한 도리라고 할 수 있다. 아무리 바쁜 생활에 쫓기는 현대인이지만 일년에 한 번 돌아오는 조상의 기일만이라도 보은감사의 마음을 가지고 예를 지킴이 옳다고 본다.

우리의 제례범절이 그렇게 난해하지 않음에도 불구하고 제대로 지켜지지 않고 있음은 그만큼 오늘을 살아가는 우리들이 제례를 등한히 하고 조상에 대한 자손의 도리를 저버린 결과라고 볼 수 있다. 흔히들 제사를 모실 때는 많은 음식과 제수를 차려 놓아야만 되는 것으로 생각하는데 이것은 크게 잘못된 사고방식으로, 모든 기제사는 본인의 형편에 따라 정갈하게 진설, 정성껏 지내면 된다.

기제사의 봉사는 5대조까지 모시는 것이 일반적인 우리의 풍속이었으나, 옛날 권문명가들은 8대조 봉사까지 하는 경우가 허다했다. 그러나 오늘날의 가정의례준칙(18조)에 의하면 제주로부터 2대조까지만 기제를 지낼 수 있다.

제사를 드리는 시간은 돌아가신 전(前)날 자정이 지난 새벽 1시경 조용한 때에 엄숙히 드리는 것이 좋다.

제사는 보통 제주의 가정에서 드리며, 대청이나 방 한 곳에 제상을 차린다. 그러나 특별한 지위나 사회적인 기제일 경우에는 다른 장소를 마련하여 행사한다. 제주는 고인의 장자나 또는 장손이 되며, 장자나 장손이 없을 때는 차자 또는 차손이 제사를 주관한다. 상처를 한 경우에는 남편이나 그의 자손이 하고, 자손이 없이 상부한 경우는 아내가 제주가 된다. 참사자는 고인의 직계 자손으로 하되 가까운 친척이나 친지도 참석할 수 있다. 부득이 참사할 수 없는 자손은 자기가 있는 곳에서 묵념으로 고인을 추모하면 된다.

1. 제구(祭具)와 제기(祭器)

① 제구(祭具)

제구란 제례를 올리는데 필요한 기구로 제례 외에는 사용하지 않는 것이 좋다.

*병풍(屛風) : 화려한 그림이나 경사 잔치에 관련된 문구가 있는 것

은 피한다.

*교의(交椅) : 신주나 위패를 놓아두는 의자이므로 제상이 높으면 교의도 높아야 된다. 그러나 요즘은 제상 위에 신위를 봉안하므로 없어도 된다.

*향안(香案) : 향로, 향합, 모사그릇을 올려놓는 작은 상. 향상(香牀).

*신위판(神位板) : 지방(紙榜)을 붙이는데 쓰며 나무로 제작해 제상에 놓거나 액자 모양으로 제작해도 된다.

*제상(祭牀) : 120cm × 80cm 정도의 크기가 적당하다. 일반 교자상으로 대체해도 괜찮다.

*주가(酒架) : 주전자, 현주병 등을 올려놓는 작은 상.

*소탁(小卓) : 신위를 봉안하기 전에 임시 올려놓는 작은 상.

*소반(小盤) : 제사 음식을 나를 때 사용함.

*촛대(燭臺) : 좌우 한 쌍을 준비한다.

*향로(香爐) : 향을 피우는 작은 화로.

*향합(香盒) : 술을 따르는 그릇에 담은 띠의 묶음과 모래를 담는 그릇이다.

*축판(祝板) : 축문을 끼워놓는 데 쓰며 뚜껑이 붙어 있는 판을 말한다. 결재판이나 흰 봉투로 사용해도 된다.

*돗자리 : 하나면 되지만 묘지에서는 넉넉하게 준비해야 한다.

*지필묵연함(紙筆墨硯函) : 축문이나 지방을 쓰는데 필요한 한지,

붓, 먹, 벼루를 담아두는 함.

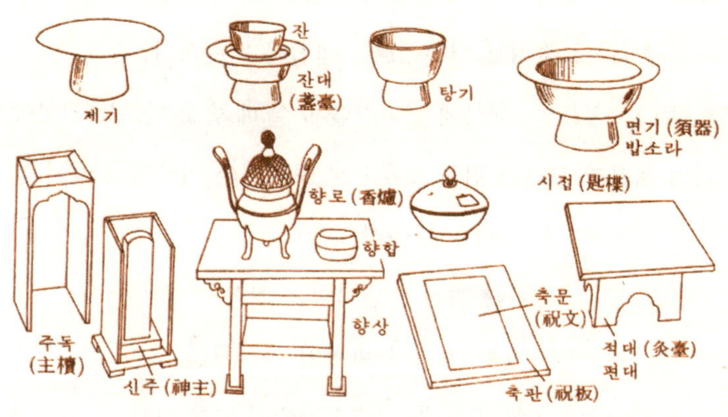

〈제사의 제구 위치〉

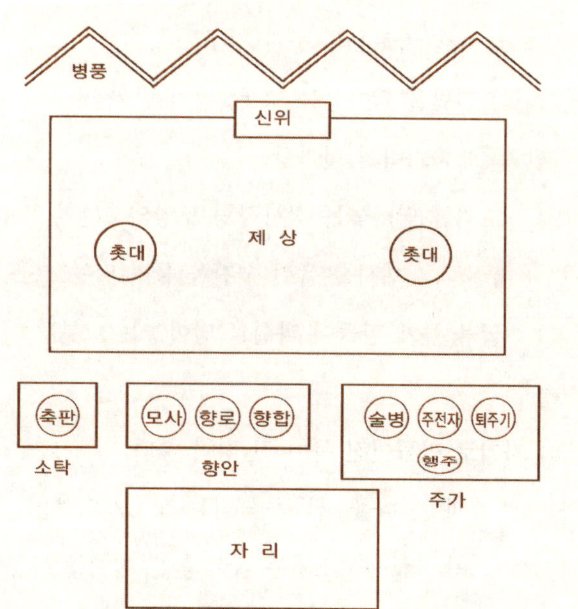

② 제기(祭器)

제기는 주로 목기나 유기를 함께 사용한다.

*시접(匙楪) : 수저를 담는 그릇. 대접과 비슷하다.

*모사기(茅沙器) : 제사에서 혼령을 모실 때 술을 따르는 그릇에 담은 띠의 묶음과 모래를 담는 그릇으로 보시기와 비슷하고 굽이 높다.

*준항(罇缸) : 술을 담는 항아리.

*탕기(湯器) : 국이나 찌개를 담아놓는 작은 그릇.

*병태 : 떡을 담아놓는 것으로 위판이 사각형인 그릇을 말한다.

*두(豆) : 굽이 높고 받침대가 있고 뚜껑이 있는 그릇. 김치와 젓갈을 담는다.

*준작(罇勺) : 술 따르는 그릇과 기구.

*주발(周鉢) : 밥을 담아놓는 그릇. 위가 벌어짐.

*시저(匙箸) : 숟가락과 젓가락.

*조(俎) : 고기를 담아놓는 직사각형 모양의 그릇.

*퇴주기(退酒器) : 제사를 올린 술잔을 물려 담는 그릇.

*변(邊) : 굽을 높게 만들어 과실을 담아놓는 그릇.

*주전자

*술병 : 자기로 만들어진 목이 긴 병이 좋다.

*둥근 접시 : 과일, 나물, 전 등을 담는다.

*사각 접시 : 떡, 적, 포, 조기는 굽이 높은 접시를 사용한다. 떡은 정사각형 접시에 담고 그 밖의 것은 장방형 접시에 담는다.

〈제기〉

2. 제수(祭羞)의 종류

① 제수의 의미

제수는 한자(漢字)로 제수(祭需)라고 쓸 때는 제사에 소용되는 음식을 만들 재료와 비용을 뜻하고, 제수(祭羞)라고 쓰면 제상에 올릴 수 있게 조리가 끝난 제사 음식을 말한다.

전통의 제수(祭羞)는 오늘날에는 사용하지 않고, 실제로는 제사에만 준비하는 음식도 있는데, 고례에서 사용했기 때문에 상에 올리는 것이다.

예를 들어 초첩(醋堞)은 식초를 한 종지 올리는 것으로, 이것은 건강식품으로 하지 않았었나 생각되며 주가(酒架)에 정화수를 담아 올리는 현주(玄酒)는 술이 생기기 전 정화수로 제사를 지냈던 데서 유래한다고 볼 수 있다.

② 제수의 종류

*초첩 : 순수한 식초를 종지에 담아 올린다.

*반(飯, 메, 밥) : 제삿밥. 신위 수대로 주발식기에 담아 뚜껑을 덮는다.

*갱(羹, 국) : 제사에 올리는 국. 신위 수대로 대접 또는 주발에 담아 뚜껑을 덮는다. 소고기와 무를 네모로 납작하게 썰어 함께 끓인다. 고춧가루, 마늘, 파 등은 쓰지 않는다.

*면(麵, 국수) : 국수를 삶아 건더기만 건져 그릇에 담아 놓고, 그 위에 계란 노른자 부친 것을 네모나게 썰어 얹기도 한다. 떡을 올리지 않을 때는 면도 올리지 않는다. 면과 떡은 함께 올려지는 것이다. 떡을 신위 수대로 올릴 때는 면도 신위 수대로 올리고, 신위 수에 관계없이 떡을 한 그릇만 올릴 때는 면도 한 그릇만 올리면 되는데 뚜껑을 덮으면 더 좋다. 옛날에는 밥 외에 면도 올렸으나 요즈음은 일반적으로 생략한다.

*편(餠, 떡) : 화려한 색깔을 피한다. 팥도 껍질을 벗겨 가급적이면 흰 빛깔이 나도록 한다. 시루떡은 네모난 접시에 보기 좋게 괴어놓고 찹쌀가루로 빚어 기름에 튀겨서 꿀이나 조청을 바른 웃기를 얹는다. 그릇 수는 신위 수대로 올리기도 하고, 한 그릇만 올리기도 한다.

*편청 : 떡을 찍어 먹는 꿀이나 조청. 떡 그릇 수에 맞춘다.

*탕(湯) : 탕은 오늘날의 찌개다. 일반적으로 기제사에는 탕을 세 가지로 쓰고, 생일과 같은 큰 제례에는 다섯 가지를 쓴다.

 1) 육탕(肉湯) : 소고기의 건더기만 탕기에 담아 뚜껑을 덮는다.

 2) 어탕(魚湯) : 생선찌개의 건더기만 탕기에 담아 뚜껑을 덮는다.

 3) 계탕(鷄湯) : 봉탕(鳳湯)이라고도 하며, 닭 찌개의 건더기만 탕기에 담아 뚜껑을 덮는다.

 고춧가루 등의 조미료는 쓰지 않는다. 탕기에 담은 위에 다시마를 적당한 크기로 썰어 십자형으로 덮기도 한다.

 *전(煎) : 기름에 튀기거나 부친 것. 적(炙)과 함께 계산해서 홀수가 되는 그릇 수로 올린다. 따라서 전만 올리면 짝수가 된다. 기제사에서는 전이라고 하지만, 세일사 등 큰 제례에서는 간남(看南)이라고 해서 수육, 육회, 어회 등을 모두 접시에 담는다.

 *초장(醋醬) : 초간장이나 간장에 초를 타서 육전을 올릴 때 함께 올린다. 어회를 올릴 때는 개자(介子)를 어회와 함께 올린다.

 *적(炙) : 적은 구운 것으로 제수 중 특식에 속한다. 육적, 어적, 계적〔꿩〕의 세 가지를 올리는데 이유는 술을 올릴 때마다 바꾸어 올리기 때문이다. 망자가 생전에 좋아하던 음식을 올리고 싶다면 적을 대신해서 전통적인 것이 아닌 기호 식품으로 하는 것도 좋다.

 *적염(炙鹽) : 적을 찍어 먹는 소금. 접시나 종지에 담아 하나만 준비한다.

 *포(脯) : 마른안주. 고기를 말린 육포, 생선의 껍질을 벗겨서 말린

것, 문어나 마른 오징어 등을 네모난 접시에 담는다.

　*해(醢) : 생선 젓갈. 대개 소금에 절인 조기를 쓴다. 약식으로 하는 제례인 차례에는 일반적으로 쓰지 않는다.

　*혜(醯) :식혜 건더기를 접시에 담고 잣을 얹기도 한다. 식혜는 주로 차례에 생선젓 대신 쓴다.

　*숙채(熟菜) :익힌 나물. 한 접시에 고사리, 도라지, 배추나물 등 삼색 나물을 곁들여 담는다.

　*침채(沈菜) : 물김치. 희게 담근 나박김치를 보시기에 담아 올린다. 고춧가루로 조미하지 않는다.

　*청장(淸醬) : 순수한 간장. 종지에 담아 올린다.

　*과실(果實) : 나무에서 따는 생과(生果)와 곡식을 익혀서 만든 다식, 증과 등을 총칭한다. 그릇 수는 음(陰)수인 짝수로 2, 4, 6, 8접시로 올린다. 깨끗이 씻고 손질해서 보기 좋게 쌓아올린다.

　*술 : 맑은 술(약주, 청주)을 병에 담고 마개를 막는다. 분량은 신위수를 곱해서 4잔 정도로 한다.

　*현주(玄酒) : 첫새벽에 아무도 뜨지 않은 우물에서 떠온 정화수를 말하며 병에 담아놓는다.

　다(茶, 숭늉) : 대접에 두 그릇 준비한다. 일반적으로 일컫는 숭늉이 아니라 맹물에 밥 몇 알을 푼 것이다. 중국에서는 엽차를 올렸는데 우리나라에서는 차를 상용하지 않았기 때문에 숭늉을 쓴다.

3. 제수(祭羞)의 진설(陳說)

지방과 가문에 따라 다르며 옛 학자들의 주장도 한결 같지 않다. 다음에 예시한 진설법은 가장 일반화된 것이며 기본적인 제수를 중심으로 한 것이다. 제사음식의 종류에 따라 변경될 수도 있지만 각 열은 통일성이 유지되게 지키는 것이 바람직 할 것으로 본다.

제사를 지내기 하루 전에 몸과 마음을 깨끗이 한다. 깨끗이 쓸고 닦은 다음 제상을 차린다. 제청의 서북쪽 벽 아래에 남향으로 고서비동이 되게 신위를 모신다. 고서비동이란 아버님 신위는 서쪽에, 어머님 신위는 동쪽에 차리는 것으로, 〈가례〉에는 기일에 해당하는 신위만 모시도록 되어 있으나 〈속례〉로는 모시는 조상은 함께 모시는 것이 일반적이다. 제상 앞에 향안을 앞으로 놓고 그 위에 향로. 향합을 놓는다. 모사기는 그 앞에 놓는다. 향안 왼쪽에 축판을, 오른쪽에 술과 퇴주그릇을 놓는다.

① 제상 진설의 기본 원칙

1) 좌서우동 : 신위를 어느 쪽에 모셨든 영위를 모신 쪽이 北이되고 영위를 향해서 우측이 東이며 좌측이 西이다.

2) 어동육서(魚東肉西) : 생선과 고기를 함께 진설할 때는 생선은 東, 고기는 西이다. 따라서 세 가지 탕을 쓸 때는 어탕이 東, 육탕이

西, 계탕은 중앙에 놓이게 된다.

3) 이서위상 : 신위를 향해서 좌측이 항상 상위가 된다. 지방을 붙일 때 考位(아버지)를 왼편 즉 西쪽에 붙이는 이유도 여기에서 비롯된다.

4) 홍동백서(紅東白西) : 붉은색 과실은 동쪽, 흰색 과실은 서쪽에 진설하는 가문도 있다. 따라서 홍동백서로 진설하는 가문은 대추가 가장 우측, 밤이 좌측으로 진설한다.

5) 좌포우혜(左脯右醯) : 포를 좌에, 식혜를 우에 놓는다.

6) 두동미서(頭東尾西) : 생선의 머리가 동쪽 방향으로 꼬리는 서쪽으로 향하도록 한다.

7) 과실 중 복숭아는 제사에 안 쓰며 생선 중에서는 끝 글자가 치자로 된 꽁치, 멸치, 갈치, 삼치 등은 쓰지 않는다.

8) 제사 음식은 짜거나 맵거나 현란한 색깔은 피하는 것을 원칙으로 하고 고춧가루와 마늘은 사용하지 않는다.

9) 설에는 메(밥) 대신 떡국을 놓으며 추석 때는 메 대신 송편을 놓아도 된다.

10) 시저(수저)를 꽂을 때에는 패인 곳을 제주의 동쪽으로 메를 담은 그릇의 한복판에 꽂는다.

11) 두 분을 모시는 양위 합체 때에는 메(밥)와 갱(국)과 수저를 각각 두벌씩 놓으면 된다.

12) 남좌여우(男左女右)라 하여 남자는 좌측 여자는 우측에 모시는 것을 원칙으로 한다.

13) 조(대추)는 씨가 하나로 나라 임금을 뜻하고 율(밤)은 세 톨로 삼정승, 시(감, 곶감)는 여섯 개로 육방관속, 이(배)는 여덟 개로 8도 관찰사를 뜻한다고 할 수 있으므로 조율시이의 순서가 옳다고 주장하는 학자가 더 많다.

② 진설하는 순서

1) 맨 앞줄 : 과실이나 조과(造果)를 진설한다.

① 조율이시 진설법

진설자의 왼편으로부터 조(대추), 율(밤), 이(배), 시(곶감)의 순서로 진설하고 다음에 호두 혹은 망과류(넝쿨과일)를 놓으며, 끝으로 조과류(다식, 산자, 약과)를 진설한다.

② 홍동백서 진설법

붉은색 과일을 동쪽(제관의 우측), 흰색 과일을 서쪽(제관의 좌측)에 진설하고 그 가운데 조과류인 다식, 산자, 약과 등을 진설한다.

2) 둘째 줄 : 반찬류를 진설한다.

좌포우혜의 격식에 따라 왼쪽에 북어포, 대구포, 오징어포, 문어포 등을 진설하고 오른쪽에 식혜를 차린다. 그 중간에 나물반찬으로 콩나물, 숙주나물, 무나물 순으로 차리고, 고사리, 도라지나물 등을 쓰기도 하며 청장, 침채는 그 다음에 진설한다.

3) 셋째 줄 : 탕을 진설한다.

어동육서라 하여 물고기 탕은 동쪽(우측), 육류탕은 서쪽(좌측)에
진설하고 그 가운데 채소 두부 등으로 만든 소탕을 진설하되 단탕, 삼
탕, 오탕 등은 반드시 홀수(음수)로 쓴다.

4) 넷째 줄 : 적과 전을 진설한다.

① 어동육서 진설법에 의하여 어류를 동쪽에, 육류를 서쪽에 진설
하며 그 가운데 두부, 채류를 진설한다.

② 두동미서라 하여 어류의 머리는 동쪽으로, 꼬리는 서쪽으로 향
하게 진설한다. 동쪽은 진설자의 우측 서쪽은 좌측을 뜻한다.

5) 다섯째 줄 : 메와 갱을 진설하고 잔을 놓는다.

메(밥)는 오른쪽, 갱(국)은 왼쪽에 올리며, 잔은 메와 갱 사이에 올
린다. 시저는 단위제의 경우는 메의 왼쪽에 올리며, 양위 합제의 경우
에는 고위(考位)의 갱 옆에 놓는다. 면은 왼쪽 끝에 올리며 편은 오른
쪽 끝에 올리고 청(조청, 꿀)은 편의 왼쪽에 차린다.

6) 향안 : 향로와 향합을 올려놓는 상

축판을 향안에 올려놓고 향로와 향합도 같이 올려놓으며 향안 밑에
모사기와 퇴주그릇, 제주 주전자 등을 놓는다.

양위가 모두 별세했을 때의 행사 방법은 합설함을 원칙으로 한다.

〈제사상 차림〉

2. 현대의 제례

사람은 누구나 자기를 존재하게 한 근본인 조상에 보답해야 하며 (報本之禮), 그것이 곧 효도(孝道)이다.

효도란 부모와 조상을 극진한 정성과 공경으로 섬기는 일인데, 살아계신 동안 지성으로 섬겨야 하며 돌아가신 후에도 잊는다면 도리라 할 수 없다.

조상에 대한 보답은 그러므로 살아계신 동안만 하는 것이 아니고 자기가 살아 있는 한은 멈출 수 없는 것이다. 그러므로 돌아가신 조상을 살아계신 조상 섬기듯이 모시는 것(事死如事生)이 효도이며 이는 제례를 통하여 행해지는 것이다.

조상에 대한 제사는 원시시대부터 지내왔다. 처음에는 조상의 화상을 그려서 지내다가 문자로 위패를 써서 모시고 제사를 지내게 되었다고 한다. 지금 우리가 행하고 있는 제례는 고려 때부터 정립되었다 할 수 있다.

고려 말엽에 포은 정몽주(圃隱 鄭夢周) 선생이 제정한 제례규정 (祭禮規定)에 의하면 3품관 이상은 증조부모까지 3대를 제사지내고, 6품관 이상은 조부모까지 2대를 제사지내며, 7품관 이하 서민들은 부모만 제사지낸다고 했다. 조선조 〈경국대전(經國大典)〉에는 3품관 이상은 고조부까지 4대를 제사지내고, 6품관 이상은 증조부모까지 3대, 7품관 이하 선비들은 조부모까지 2대, 서민들은 부모만 제사지낸다고 했다.

1894년 갑오경장(甲午更張)으로 신분제도가 철폐되면서 누구든지 고조부모까지 4대 봉사를 하게 되었다. 4대 봉사(四代奉祀)를 하는 이유는 생전에 고조부모의 사랑을 받았으므로 제사지내지 않을 수 없기 때문이다.

외래종교에서는 조상의 위패(제사대상)를 모시고 제사지내거나 돌아가신 조상에게 절하는 것을 우상숭배라 하여 반대하고 있으나, 우리 국민 대부분은 조상을 우상으로 여기면서 어떻게 다른 신(神, 신앙)을 인정할 수 있느냐 하고 따르지 않고 있다.

더구나 도덕 윤리가 무너지고 탈선 청소년 문제 등 각종 사회문제가 심각해짐에 따라 조상을 섬기는 효사상의 중요성과 제례의 필요성이 크게 대두되고 있다.

돌아가신 조상을 살아계신 조상을 섬기듯이 모시려면 조상을 상징하는 표상(表像)이 필요하여 위패(位牌)를 만들었으며, 위패를 모시는 장소를 가묘라 한다.

옛날에는 조상의 표상으로 화상을 그려서 모셨기 때문에 영당(影堂)이라 했는데, 약 8백 년 전부터 글씨로 쓴 신주(神主)를 만들어 사당(祠堂)에 모시게 되었다. 농경(農耕)을 주업으로 정착생활을 할 때는 가묘를 짓고 조상을 모시기가 수월했으나 생활 여건의 변화로 지금은 가묘를 짓고 조상을 모시는 가정이 드물다.

항상 모시는 위패가 없으므로 필요시 임시위패를 제작하여 사용하는데, 그것이 지방(紙榜)이다. 그것이 현대에 와서는 사진을 모시는 경우도 있으나 후손들에게 효도사상을 가르치고 계승시키기 위해서는 가묘의 필요성도 요구되고 있다.

"살아 계신 조상은 받들면서 그 조상이 돌아가셨다고 해서 잊어버리고 박하게 한다면 심히 옳지 못한 일이다."라고 정자(程子)는 말하고 있다.

역대 조상의 신위를 사당에 모시는 종가에서는 삭망, 속절시식, 사시제, 기제사, 묘제 등 한 해에 무려 47회의 제사를 지내지 않으면 안 되었다고 한다. 현대는 생활형태가 주로 상공업, 서비스업 등으로 바뀌면서 가족들이 뿔뿔이 흩어져서 산다. 때문에 물질적으로 풍부해지고 교통이 편리해졌다고 하더라도 많은 회수의 제사를 지내기 위해 한 자리에 모이는 것은 어렵다.

제사는 조상을 공경하는 마음과 효도하는 마음을 나타내는 의식이므로, 흩어져 있던 가족이 모여 돌아가신 조상의 유덕을 기리고 혈육 간의 유대를 돈독히 하며, 자라나는 후손들에게 자신의 근본을 깨닫게 할 수 있는 풍습이므로 그 의미는 존중되어야 한다. 다만 까다로운 격식이나 복잡한 절차, 더러는 사치한 의식을 그대로 고집하는 일은 지양해야 할 것이다.

1973년 5월 대통령령으로 정부는 '가정의례준칙'을 제정하여 국민의 가정의례, 즉 혼례, 상례, 제례 등의 전반에 관한 절차와 내용들을 규정하였다. 이것은 다시 1980년 12월에 '가정의례에 관한 법률'이 제정된 후에 여러 번의 개정을 거쳐 현행 '가정의례준칙'으로 확정되어 오늘날까지 시행되고 있다.

이 장에서는 '가정의례준칙'에 의한 현대의 제례에 대해 설명하기로 한다.

1. 제사의 종류

가정의례준칙에서의 제사의 종류는 기제사, 묘제사, 절제사(원단과 추석)가 있고, 그밖에 가족, 친지와 더불어 사회적인 유대관계에 있는 사람들이 함께 참례하는 추도식과 위령제가 있다.

2. 봉사(奉祀)의 범위

① 기제사는 조부모, 부모의 2대 봉사를 원칙으로 하되 제주가 승안(承顏)한 조상, 무후(無後)한 조상은 제주 당대에만 모신다.

② 원단(元旦)에는 직계 조상을 대상으로 한다.

③ 묘제사의 봉사는 2대까지로 한다.

④ 추석 또는 중구(重九)는 직계 조상을 모신다.

일부에서는 가정의례준칙에 따라 2대 봉사를 하는 사람도 있지만, 아직 전통 제례대로 4대 봉사를 하는 사람이 많다.

가정의례준칙에서 절제사의 대상은 직계 조상으로 한다고 하고 대의 수를 명시하지 않은 것은 모순이며, 같은 명절의 차례인데도 절제사와 연시제로 구분한 것도 사리에 맞지 않다고 볼 수 있다.

3. 제사의 절차

① 모든 제사는 고인이 생전에 좋아하던 간소한 음식물을 진설한다. 다만, 공화(供花)로써 제물을 대신할 수 있다.

② 모든 제례 절차는 단헌(單獻), 단배(單拜)하고 묵념 후에 다시 단배한다.

③ 제사에는 추도문 또는 축문을 읽는다.

④ 제복은 평상복으로 한다.

⑤ 모든 신주(불천위 포함)는 폐지하고 사진으로 대신한다.

⑥ 참사자는 직계 자손으로 한다.

이상이 가정의례준칙에 의한 제사에 관한 주요 항목인데 이론(異論)이 많다. 제수를 간소하게 하는 것은 좋지만 그것을 일상 때의 반상음식으로 한다는 것은 제사의 엄숙한 풍습을 저버리는 일이라고 주장하는 사람들도 있다. 그 이유는 일상의 음식과 같게 한다면 산 사람과 죽은 사람의 구분이 없어지게 된다는 것이며, 그렇다면 제사를 지내지 않는 것과 다름없다는 것이다.

가정의례준칙에 의한 제수 진설도(陳設圖)는 다음과 같다.

<한 분 제상 차리기의 예>

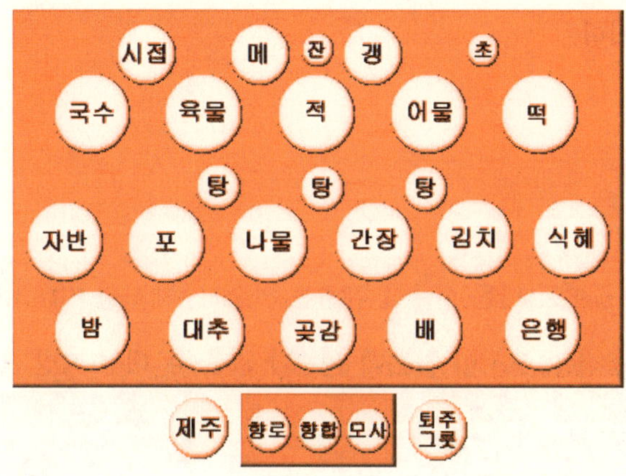

<두 분 제상 차리기의 예>

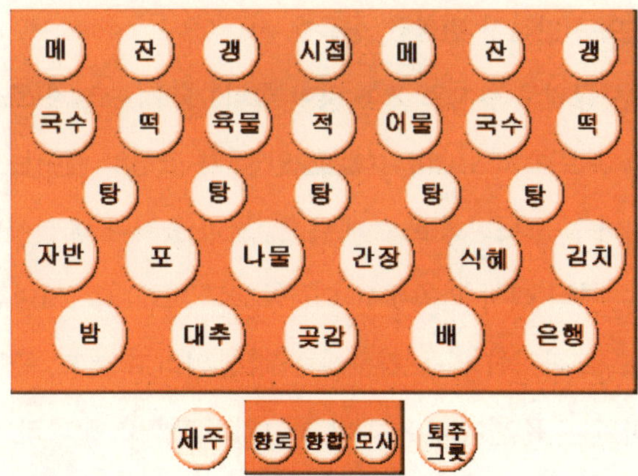

또 참사자를 직계 자손으로 한정한다는 것도 옳지 못하다는 사람들이 많다. 제사의 참여는 방계의 친족, 친지 누구든지 자유로워야 하며 제한할 필요가 없다는 것이다. 전해 내려오는 모든 예법이 그것을 허용하고 있는데 가정의례준칙에서만 불필요한 제한을 두는지 알 수 없다는 것이다.

4. 지방(紙榜)과 축문(祝文)

지방은 종이로 만든 신주를 말하는 것으로, 제사를 지내려면 사당에서 신주를 옮겨 모셔야 하는데 신주가 없을 때 대신 지방(紙榜)을 써서 봉안한다.

지방은 정해진 규격이 없이 봉투처럼 접어서 쓰기도 하고 잘라 쓰기도 하는데 전통적으로 깨끗한 한지를 세로 22cm, 가로 6cm 정도의 직사각형으로 만들어 위쪽을 둥글게 자른다.

지방은 붓글씨로 한자로 쓰는 것이 좋다. 쓸 때는 남자 조상일 경우는 왼쪽에 오도록 하고, 비위(妣位)인 여자 조상일 때에는 오른쪽에 오도록 하여 둘을 나란히 쓰고 배위(配位)가 둘이나 세 분이면 처음을 고위(考位)부터 써서 왼쪽에서 오른쪽으로 차례대로 써나간다.

일반적으로 관직이 없을 경우에는 '학생'이라고 쓰고, 관직이 있을 경우의 비위는 '유인'이라 쓰지 않고 고위의 관직명에 따라 봉한 명칭을 쓴다. 또한 고위는 성을 쓰지 않지만 비위는 성을 쓰기도 한다. 동

생과 아들의 경우에는 '학생' 대신 '자사(自士)' 또는 '수재(秀才)'라고
도 쓴다.

　지방은 기제사, 설과 추석에 드리는 절사에 필요하다.

　지방에 남자의 경우는 누구나 의례적으로 학생부군(學生府君)이라
고 쓰고 있는데 이것은 잘못된 것이다. 원래 '학생(學生)'은 조선시대
에 과거시험을 준비하는 예비 관원 신분의 사람들을 통틀어 지칭하던
말이다.

　오늘날에도 생전에 관직에 있던 사람의 지방에는 당연히 그 관직명
을 쓰고, 사설단체나 기업체 등에서의 직함도 쓰는 것이 좋다. 다만 관
직을 쓸 때는 대표적인 직함 하나만을 간략하게 쓰는 것이 좋다.

　또 박사나 석사, 학사와 같은 학위도 쓰는 것이 좋다. 여성의 경우에
도 생전에 봉직했던 관직이나 사회적 직함 또는 학위를 쓰는 것이 좋
다.

① 관직을 쓰는 경우

顯祖考國會議員府君神位

顯考大法官府君神位

顯祖考陸軍中將府君神位

顯考原通面長府君神位

② 사회 직함을 쓰는 경우

顯祖考靑少年善導委員府君神位

顯考辯護士府君神位

③ 학위 등을 쓰는 경우

顯祖考經濟學博士府君神位

顯考文學碩士府君神位

④ 여성의 경우

顯妣國會議員潘南朴氏神位

顯妣敎師坡平尹氏神位

顯妣國民銀行代理全州李氏神位

예란 것은 시대에 따라 변하는 것이다.

따라서 여성의 직함을 지방이나 축문에 쓰는 일은 문명이 고도로 발전되어 가는 오늘날에는 자연스럽게 발생되는 현상이라고 볼 수 있는 것이다.

〈벼슬을 지내지 않은 경우〉

고조부모	증조부모	조부모	부모
顯高祖妣孺人金海金氏 神位 顯高祖考學生府君 神位	顯曾祖妣孺人全州李氏 神位 顯曾祖考學生府君 神位	顯祖妣孺人密陽朴氏 神位 顯祖考學生府君 神位	顯妣孺人密陽朴氏 神位 顯考學生府君 神位

아내	형	아우	자식
故室孺人陽州許氏 神位	顯兄學生府君 神位	亡弟學生府君 神位	亡子秀才○○ 神位

⑤ 한글로 쓰는 경우

요즘은 한글로 지방이나 축문을 쓰는 경우도 많다.

한글로 쓸 때는 한자 문구를 그냥 한글로 표기하기도 하고, 그 뜻을 풀이하여 쓰기도 한다.

축문은 가능하면 한문으로 쓰는 것이 좋지만, 부득이한 경우 한글로 쓸 수 있다. 이 경우에도 문안은 한문으로 두고 글자만 소리대로 한글로 쓸 수도 있고, 뜻을 한글로 표현하여 쓸 수도 있다. 이런 경우에는 연, 월, 일도 양력을 사용하고 연호도 서력기원을 쓰는 것이 무방하다.

어머님 신위

아버님 신위

높으신 어머님 신위

높으신 아버님 신위

높으신 어머님 문학사 청송 심씨 신위

높으신 아버님 밀양군수 어른 신위

현비 유인 전주 이씨 신위

현고 학생 부군 신위

서기 〇〇〇〇년 〇월 〇일 효자 교장 〇〇은 삼가
높으신 아버님 군청장 어른과 높으신 어머님께 말씀드립니다.
세월이 흘러 동지의 때가 되니 계절과 함께 추념하고
감동되어 사모하는 마음을 금할 수 없습니다.
이에 깨끗한 여러 음식을 갖추어 공손히 정기의 제향을
올리오니 흠향하시기 바랍니다.

5. 제삿날과 시간

가정의례준칙에 '기제사의 일시는 기일(忌日)의 일몰 후에 지낸다.'

고 되어 있는데 합리적인 생각이다.

예서(禮書)에 기제사는 조상이 돌아가신 날의 먼동이 틀 때 시작해서 밝을 무렵에 끝내는 것으로 정하고 있으나 우리나라에서는 관습적으로 첫 새벽에 지냈다. 그러나 과거의 통행금지 제도, 주거 환경적 요인으로 인해 초저녁 제사를 지내오면서 제삿날에 대한 인식에 차이가 생겼다.

돌아가신 전날이 제사라고 생각해서 실제 돌아가신 전날의 초저녁에 지내야 한다고 하는 말도 있다.

새벽 제사를 지낼 때 돌아가시기 전날을 제삿날이라고 했던 데에서 나온 말인데, 제사 준비는 전날에 했지만 실제 제사를 지낸 시간으로 보면 돌아가신 날의 첫 새벽이다.

기일(忌日)이란 돌아가신 날이란 뜻이며, 축문에도 휘일부림(諱日復臨)이라고 해서 돌아가신 날이 다시 돌아온다고 했다. 초저녁에 지내려면 돌아가신 날의 일몰부터 자정이 되기 이전에 지내야 한다.

6. 차례

① 차례의 유래

차례는 간소하게 하는 예이다. 명절 때 조상에게 올리는 제사를 말한다.

차례는 명절에 지내는 속절제(俗節祭)를 가리킨다. 또 차례 자체도 지방에 따라 다르지만, 대개 정월 초하룻날과 추석에만 지내는 것이 관례로 되었다. 옛날에는 정초에 차례를 지낼 때 '밤중제사(또는 중반제사)'라 하여 섣달 그믐날 밤 종가(宗家)에서는 제물과 떡국을 차려놓고 재배(再拜), 헌작(獻酌), 재배한 다음, 초하룻날 아침에 다시 차남 이하 모든 자손이 모여 메를 올리고 차례를 지냈다. 모시는 조상도 고조부모 ·증조부모 ·조부모 ·부모의 4대를 대접하였으나 지금은 가정의례준칙에 의하여 조부모 ·부모의 2대만 제사 지낸다.

사당과 밀접한 관련이 있으며 정월, 동지, 보름, 매월 초하루에 차를 올리는 예라 하여 술잔 대신 차를 올리는 데에서 유래되었다고 본다. 근래에 사당이 거의 사라지게 되어 간단한 차례가 곧 명절 제사로 변천되어 추석과 설만 남게 되었다.

② 차례의 절차

명절날 차례가 다른 차례와 다른 점은 헌작(獻酌)은 한 번에 그치고 축문을 읽지 않는다는 점이다.

*신위봉안(神位奉安) : 윗대부터 차례대로 신위를 모시는 것.

*분향(焚香) : 제주가 읍한 자세로 꿇어앉아 세 번 향을 사르고 재배한다.

*강신(降神) : 제주가 읍한 상태로 꿇어앉아 집사가 강신 잔에 술을 따라주면 모사기에 세 번에 나누어 붓고 재배한다.

*참신(參神) : 제주 이하 남자는 2번, 여자는 4번 절한다.

*진찬(進饌) : 갓 준비한 제물을 윗대부터 차례로 올린다.

*헌작(獻酌), 유식(侑食) : 제주는 윗대 신위부터 차례대로 잔에 술을 따른다. 주부가 윗대 신위부터 차례대로 숟가락을 올려놓고 젓가락을 고른 후 시접에 걸쳐 놓는다.

*낙시저(落匙箸) : 7, 8분 정도 조용하게 서 있다가 주부가 윗대부터 차례대로 숟가락을 내려놓고 젓가락을 내려 시접에 담는다.

*사신(辭神) : 남자 2번, 여자 4번 절을 한다.

*납주(納主) : 본래 위치로 신위를 모시고, 지방을 사용했을 때는 태워서 재를 향로에 담는다.

*철상(撤床) : 제상에서 음식을 뒤에서부터 내린다.

*음복(飮福) : 제사지낸 음식을 나눠먹으며 조상의 덕을 기린다.

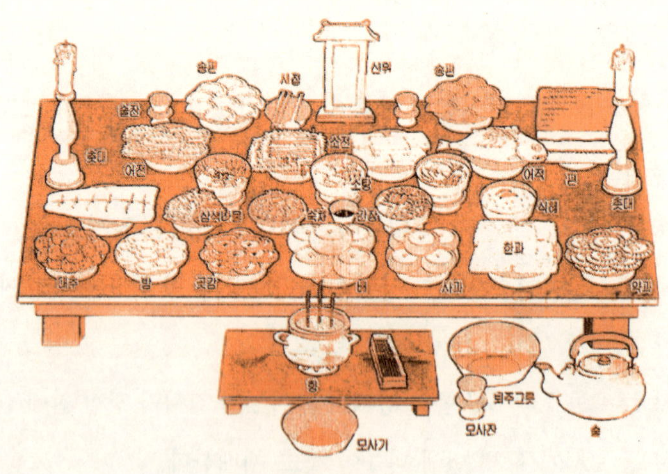

3. 종교에서의 제례

종교를 가진 사람들은 대부분이 제사를 지내지 않으며 각 종교에서 행하는 추도식과 미사로 대신한다.

1. 기독교에서의 추도식

기일이 되면 가족들이 모여 목사의 주관으로 대략 다음 같은 순서로 추도식을 행한다.

*찬송 : '내 평생에 가는 길', '저 높은 곳을 향하여'를 부르는데, 선택은 목사가 알아서 한다.

*기도 : 주례 목사가 하는데 대부분이 유족들은 슬퍼하지만 말고 하늘의 영광을 바라보며 위안과 소망을 갖게 해달라는 내용이다.

*성경 봉독 : 추도식과 관련 있는 성경 구절을 낭독한다.

*찬송

*기념 추도 : 주례 목사가 고인의 행적 또는 유훈을 설교와 겸해 말한다.

*묵도 : 약 3분간 고인의 명복을 비는 묵념을 한다.

*찬송

*주기도문 : 참례자 일동이 함께 주기도문을 외운다.

기독교에서 제사를 지내지 않는 것은 고인을 추모하지 않는다는 것이 아니고, 고인을 신격화(神格化)하여 숭배하지 않는다는 뜻이다.

2. 천주교에서의 추도 미사

천주교에서는 장례를 치른 날로부터 3일, 7일, 30일째 되는 날에 연미사를 드린다.

첫 기일이 되면 연미사를 드리며, 가족이 다같이 고해성사와 성체성사를 받도록 한다. 추도 미사에 참례하는 사람들에게 간단하게 음식을 대접하기도 한다. 고인을 위하여 미사를 드리는 일은 성모께서 부탁하신 일이라 하여 근래에 들어서 특별히 강조하고 있다.

천주교에서는 11월 2일이 일종의 묘제라고 할 수 있는 날인데, 연옥(煉獄)에 있는 모든 영혼을 위하여 올리는 미사로 추사이망첨례(追思已亡瞻禮)라 하여 교우들이 묘지를 찾아가 고인의 영혼을 위하여 기도를 드리는 의식이다. 또 한국 가톨릭 지도서에는 '교우들이 일 년 중 어떤 날을 택하여 묘지를 찾아가 타인들이 성묘하는 날 잔디를 입히거나 잡초를 뽑는 것은 관계없다. 될 수 있는 한 교우들은 추사이망첨례 날 묘지를 방문할 것이다.'라고 되어 있다. 특히 교우의 묘지가 있으면 이날 단체로 묘지를 방문하는 것은 좋은 풍속이다. 서양에서는 이날 사이가 안 좋은 사람들도 함께 묘지에 모이고, 특정한 묘지에 관계가 없는 교우들도 모두 모인다.

3. 불교에서의 추도 의식

불교에는 사십구제와 백일제처럼 고인의 명복을 비는 제(齋)가 있고, 소기(小朞)와 대기(大朞)에 제를 올린다.

위패를 절에 모실 경우 불가피한 사정으로 유가족이 참석하지 못해도 절에서 기일과 생일에 맞추어 제를 올려준다. 절차는 다음과 같다.

*개식 : 주례 스님이 선언한다.

*삼귀의례(三歸依禮) : 불법승(佛法僧)의 삼보(三寶)에 인간이 귀의한다는 의식을 거행한다.

*독경 : 일반적으로 반야심경을 읽는다.

*묵도 : 참석한 일동이 입정(入定 : 방에 들어가 앉음)하고 드린다.

*추도문 낭독 : 추도문을 읽을 때 고인 생전에 친했던 사람이 고인의 약력을 소개하기도 한다.

*추도사 낭독 : 고인과 유가족에 대해서 위안을 겸한 추도사를 한다.

*감상(感想) : 내빈 중 대표가 나와서 위로의 말을 한다.

*분향(焚香) : 유족이 분향을 하고 나서 참석한 사람들이 차례로 분향한다.

*답사 : 제주가 내빈에 대한 답례의 말을 한다.

*폐식

4. 일반 추도식

제사는 집안 되는 사람들이 모여서 지내지만, 고인이 국가와 사회에 덕망이 높았고 공익에 이바지한 바가 많으면 친척, 친지, 고인을 평소에 따르던 사람들, 단체 등에서 추도식을 갖는다.

추도식에 참석한 사람은 각기 분향 배례하고 유가족에게 인사한 뒤에 물러난다. 참석자는 모두 정중하고 엄숙하게 행동하며 옷차림은 검정색이 좋다.

보통 넓은 장소나 묘소에서 하는데 제사처럼 제물은 차리지 않고 다음과 같은 식순으로 한다.

*개식: 사회자가 선언.

*묵념 : 고인을 추모하는 묵념, 묘소일 경우는 배례를 하기도 한다.

*약력 보고 : 고인의 업적을 간추려 보고한다.

*추도사 : 고인을 추모하는 말.

*분향 : 영정에 향을 피우고 배례.

*폐식 : 사회자의 선언으로 추도식을 마친다.

5. 합동 위령제

전쟁이나 큰 사고, 또는 천재지변으로 많은 생명이 희생되었을 때 그 영혼들을 위로하는 제사이다.

위령제를 주관하는 측의 입장에 따라서 일반 의식이나 종교 의식으로 할 수 있다. 식순은 다음과 같다.

*제례 거행 선언

*주악

*일동 경례

*사건의 개략적인 보고

*추모사

*분향과 헌작

*일동 경례

*주악

*예필 선언

위령제에 참석하는 사람의 옷차림은 검정 양복이나 흰색 한복으로 정장하는 것이 예의이다.

위령제나 추모식에서의 분향, 헌작의 절차는 연고자와 대표자 몇 명으로 제한하여 혼잡을 막고 시간을 절약한다.

[돌·수연(壽筵)]

돌은 초도일(初度日), 수일(晬日)이라고도 한다.

돌이라는 말은 '주(周)' '회(回)'등에서

한자의 뜻을 인용한 것으로 보인다.

한국에서 돌잔치는 예로부터 행해져 오는 경축 행사로,

왕실에서 서민에 이르기까지 행하였다.

의학이 발달하지 못했던 과거에는 생후 1년 동안이

성장의 고비가 되었는데 그래서 1년을 넘긴 아이에게

돌은 재생의 기쁨을 맞는 날이었다고 할 수 있다.

1. 돌

돌은 초도일(初度日), 수일(晬日)이라고도 한다. 돌이라는 말은 '주(周)' '회(回)'등에서 한자의 뜻을 인용한 것으로 보인다.

한국에서 돌잔치는 예로부터 행해져 오는 경축 행사로, 왕실에서 서민에 이르기까지 행하였다. 의학이 발달하지 못했던 과거에는 생후 1년 동안이 성장의 고비가 되었는데 그래서 1년을 넘긴 아이에게 돌은 재생의 기쁨을 맞는 날이었다고 할 수 있다.

돌을 맞은 아이에게는 새 옷을 만들어 입히고, 쌀·떡·국수·과일 등 음식에 책·종이·붓·먹·활·화살(여자일 경우에는 활과 화살 대신 가위·자·바늘 등) 등을 곁들인 돌상을 차려 준다. 이 때에는 친척과 이웃이 모여서 축하해주며, 아이의 장래를 점치는 행사로 아이에게 상 위의 물건을 아무 것이나 집게 하는 '돌잡히기'를 하는데, 돈이나 곡식을 집으면 부자가 되고, 책·먹·붓을 집으면 문인이 되어 벼슬하며, 국수나 실을 집으면 장수하고, 활·화살을 집으면 장군이 된다고 생각하였다.

돌날 아기의 옷은 머리에 복건(幞巾)을 씌우고 몸에 쾌자(快子)를 입히는 것이 상례였으나, 점차 사라지는 추세에 있으며, 돌상 대신 서양 풍속을 따라 촛불을 켜고 케이크를 자르면서 돌을 축복하기도 한다.

돌상의 주격인 음식은 백설기와 수수팥떡이다. 백설기는 신성한 백색무구한 음식이고, 수수팥떡은 붉은 팥고물을 묻힌 차수수 경단으로, 빨간색이 액(厄)을 물리친다는 토속적인 믿음에서 비롯한 풍습이다. 아기 생일에 수수팥떡을 해주어야 자라면서 액을 면할 수 있다고 믿는 생각은 한국 전역에 걸친 것으로 아기가 10세가 될 때까지 생일마다 수수팥떡을 해준다.

백설기·수수팥떡·경단·대추·과일·쌀·국수·책·붓·먹·벼루·무명실·활(여아는 자) 등으로 상을 차리고 돌쟁이 어린애를 상 앞에 앉히는데, 아이는 상 주위를 돌다가 제 마음대로 붓도 집고 책도 집는다. 어떤 아이는 쌀을 맨 먼저 집기도 하는데 맨 먼저 집는 물건의 뜻을 좋게 해석해서 큰 부자가 되겠다는 등 축복하는 풍습이 있다. 앞에서 얘기한 대로 쌀·돈은 부유하게 되기를 희망하는 것이고, 국수·무명실은 장수하기를, 대추는 자손이 번창하기를 희망하는 것이다. 책은 글을 잘하여 학문에 통달하기 위함이고, 붓과 먹은 문필로서 유명하게 되기를 바라는 것이다.

2. 생일

나이가 많은 웃어른의 경우에는 생신(生辰)이라 하여 높여 말한다.

생일이 되면 세상에 태어났다는 것과 일생 동안의 건강·무사·장수·영화를 축원하며, 또한 축복을 받는 기념적인 행사가 크든 작든 따른다.

그런데 생일을 기념하는 일은 시간관념이 발달한 민족이 아니면 거의 없다. 예를 들면 아프리카·북아메리카의 원주민의 일부에서는 계산은 사악이고, 더구나 시간은 계산할 수 없는 것이라고 믿고 있으므로, 세대를 구분하는 연령 집단은 있으나 연령의 계산이나 생일 기념행사는 하지 않는다.

그러나 대부분의 민족들은, 생일은 인생의 어느 단계에서 다른 단계로 넘어가는 전환점으로 인식하며, 어느 민족은 이 시기가 선악의 신령이 서로 경쟁을 벌이는 위기점이라고도 본다.

주(週) 또는 달마다 생일을 축하하는 습관은 서아프리카·미얀마·고대 시리아 등에서 볼 수 있으며, 서아프리카의 튀족(族)은 생일에 달걀을 풀어 자기 몸에 바르고 수호신에게 행복을 기원한다고 한다.

그리스도교의 순교자는 순교한 날을 생일로 축복을 받는다. 죽음에 의해 그들은 영원한 생명을 얻는 것이라 믿기 때문에 새로이 태어난다는 이치로 보는 것이다. 그러나 세례자 요한과 성모 마리아는 원죄를 면했다 하여 출생일을 생일로 한다.

서양에서는 생일이 되면 생일 축하 케이크와 선물을 마련하여 생일파티를 베푸는데, 축하 케이크 위에 나이 수만큼 촛불을 꽂고 촛불을 단숨에 불어 꺼뜨리면 소원이 성취된다고 한다. 이것은 그리스시대에 여신 아르테미스의 생일(매월 6일)에 행한 인습에서 비롯한 것인데, 한동안 단절되었다가 중세 독일에서 다시 부활하였다.

유럽, 특히 독일의 농민들 사이에는 아기가 태어나면 나무를 심는 관습이 있고, 스위스에서는 사내아기가 태어나면 사과나무를, 여자아기가 태어나면 배나무를 심는데, 나무는 아기의 평생의 행복과 신비적인 관련이 있는 것으로 믿는다.

우리나라도 백일·돌·생일에 대한 습속이 옛날부터 있었다. 전래되는 풍속은 지방과 생활 여건에 따라 다소 차이가 있지만, 크게 나누어 치성을 드리는 행사와 음식잔치를 베풀어 줌으로써 유아의 성장을 지켜준 삼신(三神, 産神)에 감사하고 아울러 제액(除厄)·장수·초복(招福)을 기원하는 두 가지로 말할 수 있다.

첫 생일인 돌 이전에 생후 100일째가 되는 날을 '백일'이라 하여 축하하는데, 난 지 21일째가 되는 이른바 세이레까지의 여러 행사는 주로 아기를 보호하고 산모의 산후 회복을 위한 의례적인 것으로서 대부분 금기 사항이 중요시되는 반면, 백일은 순전히 갓난아기만을 중심으로 하는 아기 본위의 첫 축복 행사이다. 이날의 음식은 주로 떡이며, 떡은 백설기(흰무리)·수수팥떡·인절미·송편을 준비하는데, 백설기는 장수를 뜻하고 정결·신선함을 나타낸 것이며, 수수팥떡은 부정(不淨)을 막고 부정 살(煞)을 제거하는 주술적인 뜻이 있고, 인절미는 끈덕지고 여물기를, 송편은 속이 차라고 속을 넣은 것과 뜻이 넓기를 바라는 마음에서 속이 빈 송편을 만들어 준다.

생후 1년째가 되는 날을 '돌'이라 하여 백일잔치 때보다 비교적 큰 잔치를 베푼다. 생후 3년째까지는 흔히 두 돌, 세 돌이라 부르고, 이 후부터는 생일이라 하여 세상에 태어난 의의를 축복해 주는 것이다.
또 61세가 되는 날을 '회갑(환갑)'이라 하는데 간지(干支)가 60년 만에 한 바퀴 돌아온다는 뜻에서 유래한 말이다. 이 날은 자손들이 헌수(獻壽)하며 큰 잔치를 베풀어 어른의 장수와 만복을 축하한다.

3. 수연

1. 수연례(壽筵禮)의 의미

수연(壽筵)이라는 말은 어른의 생신에 아랫사람들이 상을 차리고 술을 올리며 오래 사시기를 비는 의식이다.

고례에는 수연이라는 말이 없었고 헌수가장례(獻壽家長禮)라고 했다.

2. 수연의 종류

아랫사람이 태어난 날은 생일(生日)이라고 하며 웃어른의 생일은 생신이라 한다.

웃어른의 생신에 자제(子弟)들이 술을 올리며 장수를 비는 의식이 수연이므로 아랫사람이 있으면 누구든지 수연례를 행할 수 있을 것이다.

그러나 사회활동을 하는 아들이 부모를 위해 수연 의식을 행하려면 아무래도 어른의 나이가 60세는 되어야 할 것이므로 이름 있는 생신은 60세부터이고 구태여 그 종류를 나누어 보면 다음과 같다.

① 육순(六旬)

60대의 생신이다.

육순이란 열이 여섯이라는 말이고 육십갑자를 모두 누리는 마지막이다.

② 환갑(還甲) · 회갑(回甲)

61세의 생신이다.

육십갑자를 다 지내고 다시 낳은 해의 간지〔육갑〕가 돌아왔다는 의미다.

③ 진갑(進甲)

62세 때의 생신이다.

다시 육십갑자가 시작한다는 의미이다.

④ 미수(美壽)

66세 때의 생신이다.

옛날에는 66세의 미수를 별로 의식하지 않았으나 77세, 88세, 99세처럼 같은 숫자가 겹치는 생신에 이름 붙였으며, 66세를 지나칠 수는 없는 것이라 하여 붙은 이름이다.

또한 현대는 66세는 모든 사회활동이 성취되고 은퇴하는 나이다. 그러나 아직은 여력이 있다고 할 수 있으니 참으로 아름다운 때라 하여 미수라 했다.

또 '미(美)' 자는 육십육을 뒤집어쓰고 바로 쓴 자여서 그렇게 이름 붙은 것이다.

⑤ 희수(稀壽)

칠순(七旬). 70세 때의 생신이다.

옛 글에 '사람이 70세까지 살기는 드물다'라는 데서 희수란 말이 생겼는데 그런 뜻에서 희수라 하면 '어른들은 너무 오래 살았다'라는 의미가 되어 자손으로서는 죄송한 표현이 된다. 따라서 열이 일곱이라는 뜻의 '칠순이 더 좋은 이름이라 하겠다.

⑥ 희수(喜壽)

77세 때의 생신이다.
'희(喜)'자를 초서로 쓰면 칠십칠이 되는 데에서 유래했다 한다.

⑦ 팔순(八旬)

80세 때의 생신이다.
열이 여덟이라는 말이다.

⑧ 미수(米壽)

88세 때의 생신이다. '미자'가 팔십팔을 뒤집고 바로 쓴데서 유래하였다.

⑨ 졸수(卒壽) · 구순(九旬)

90세 때의 생신이다.

'졸(卒)'자를 초서로 쓰면 구십(九十)인 데서 유래하였고 '졸'이라는 말은 '끝나다'의 뜻이므로 그만 살라는 의미가 되어 자손으로서는 입에 담을 수 없는 말이 되므로 오히려 열이 아홉이라는 '구순(九旬)'이 더 좋다고 하겠다.

⑩ 백수(白壽)

99세의 생신이다.

'백(白)'자가 '백(百)'자에서 '一'을 뺀 글자이기 때문에 99로 의미해서 말하는 것이다.

수연례는 자손들이 어른에게 술을 올리는 헌수 절차와 외부 손님을 대접하는 연회 절차로 나누어서 행한다.

3. 헌수 절차

　남녀 자손들이 지정된 자리에 북향해 선다. 수연 당사자에게 웃어른이 계시면 아들들이 남자 웃어른을 인도해 동쪽의 자리에 앉으시게 하고, 며느리들이 여자 웃어른을 인도해 서쪽의 자리에 앉으시게 한다.

　큰아들과 큰며느리가 수연 당사자 내외를 인도해 큰상 앞으로 와서 남자 어른은 동쪽에서 서향해 서고 여자 어른은 서쪽에서 동향해 마주 선다.

　남자 어른과 여자 어른이 평절로 한 번 맞절을 한다. 만일 주악이 있으면 이 때부터 울린다. 남자는 재배, 여자는 4배를 하는데 자손들이 부축한다.

　남녀 어른은 큰아들 내외의 인도를 받아 동쪽의 남자 웃어른 앞으로 가서 술을 한 잔씩 올리고 절을 한다. 답배하여야 할 웃어른은 답배한다.

　다시 서쪽으로 가서 여자 웃어른에게도 그렇게 한다.

　남자 어른은 큰아들의 인도를 받아 큰상의 동쪽으로, 여자 어른은 큰며느리의 인도를 받아 큰상의 서쪽으로 돌아 각기 정한 자리에 남향해 앉는다.

　큰아들과 큰며느리는 물러나 자리에 선다. 모든 자손이 남자는 재배, 여자는 4배를 한다.

　큰아들과 큰며느리가 술상 앞으로 나아가 아들은 동쪽, 며느리는 서쪽에 북향해 꿇어앉는다.

여자 어린이가 잔반을 들어 주면 큰아들 내외가 받고, 남자 어린이는 큰아들 내외의 잔에 술을 따른다.

큰아들은 일어나서 술잔을 받들어 남자 어른에게 올리고, 큰 며느리는 일어나서 여자 어른에게 술잔을 올린 다음 공수하고 서 있는다.

어른이 술을 마시고 잔을 주면 받아서 술상 위에 놓고 큰 아들은 재배, 큰며느리는 4배 한다.

큰아들 내외는 꿇어앉고 큰아들이 축수(祝壽)한다. 남녀 어른이 대답한다.

만일 헌수할 자손이 많으면 큰아들 내외가 헌수할 때 큰아들의 자손들은 그 뒤에 늘어서서 함께 절한다. 이어서 작은아들, 딸, 동생, 조카의 순으로 부부가 나가서 아들 내외가 헌수하듯이 헌수한다.

헌수가 끝나면 어른이 일하는 사람에게 '아이들에게 마실 것을 주라'고 명한다.

일하는 사람들이 음료와 안주가 담긴 쟁반이나 작은 상을 날라다 자손마다 한 상씩 준다.

자손들은 두 손으로 주안상을 받아 바닥에 놓고 모두 함께 남자는 재배, 여자는 4배를 한다.

모두 앉아서 음료를 마신다. 남녀 어른이 교훈이나 소감을 말하기도 한다.

남녀 어른이 '이제 나가서 오신 손님을 정성껏 대접하라'고 자손에게 명한다.

남녀 자손이 일어나서 남자는 재배, 여자는 4배 하고 각기 상을 들고 나간다.

4. 연회 절차

사회자가 "지금부터 ○○○선생님(여사님)의 ○○회 생신 수연회를 시작하겠습니다. 여러분께서는 자리에서 일어나 주시기 바랍니다." 하고 말한다.

남자 자손은 큰상의 동쪽, 여자 자손은 서쪽에서 차례대로 남향해 선다.

당사자와 웃어른도 일어난다.

*일동 경례

*약력 소개 : 제자나 후배 중에서 미리 정한 사람이 사회석으로 나가 약력을 소개한다.

*모시는 말씀 : 자손의 대표가 정중한 인사말을 한다.

*축사·송사 : 큰아들 내외가 축사할 손님을 정중히 맞이한다.

*축사·송사·축전 등을 차례대로 소개한다.

*기념품·선물 증정 : 사회자가 소개한 대로 준비된 기념물이나 선물을 증정한다. 자손들이 먼저 하고 손님이 나중에 한다.

*답사 : 수연 당사자 어른이 인사한다.

*송수 건배(頌壽乾杯) : 미리 정한 사람이 앞으로 나와 잔을 높이 들면 모두 잔을 높이 든다.

*여흥 : 음식을 먹으며 즐긴다.

■■■■

건전가정의례준칙

제정 99. 8.31 대통령령 제16544호

제1장 총칙

제1조 (목적) 이 영은 건전가정의례의 정착 및 지원에 관한 법률 제5조 제4항의 규정에 의하여 건전가정의례준칙의 내용과 그 보급 및 실천에 관한 사항을 규정함을 목적으로 한다.

제2조 (정의) 이 영에서 사용하는 용어의 정의는 다음과 같다.

1. '성년례'라 함은 성인으로서의 사회적 책무를 일깨워 주기 위하여 행하는 의식절차를 말한다.
2. '혼례'라 함은 약혼 또는 혼인에서 신행까지의 의식절차를 말한다.
3. '상례'라 함은 임종에서 탈상까지의 의식 절차를 말한다.
4. '제례'라 함은 기제 및 명절 차례의 의식절차를 말한다.
5. '수연례'라 함은 60세 이후의 생일을 기념하기 위하여 행하는 의식 절차를 말한다.
6. '주상'이라 함은 상례의 의식 절차를 주관하는 사람을 말한다.
7. '제주'라 함은 제례의 의식절차를 주관하는 사람을 말한다.

제3조 (종교의식의 특례) 종교의식에 따라 가정의례를 행하는 경

우에는 이 건전가정의례준칙의 범위 내에서 그 종교 고유의 의식 절차에 따라 행할 수 있다.

제4조 (건전가정의례준칙의 보급 및 실천) 국가기관, 지방자치단체, 공공기관·단체 및 기업체등의 장은 소속공무원 및 임·직원 등에게 건전가정의례준칙의 실천을 권장하거나 건전 가정의례준칙의 실천사항을 정하여 보급할 수 있다.

제2장 성년례

제5조 (시기) 성년례는 만 19세가 되는 때부터 이를 행할 수 있다.

제6조 (성년례)

① 국가기관, 지방자치단체, 공공기관·단체 및 기업체등이 성년예식을 거행하는 경우에는 엄숙하고 간소하게 행하여야 한다.

② 성년례의 식순·성년 선서 및 성년 선언의 내용은 별표 1과 같다.

제3장 혼례

제7조 (약혼)

① 약혼을 하는 경우에는 약혼 당사자와 부모 등 직계 가족만 참석하여 양가의 상견례를 하고 혼인의 제반사항을 협의하되, 약혼식은 따로 거행하지 아니한다.

② 제1항의 경우에 약혼 당사자는 당사자의 호적등본과 건강진단서를 첨부하여 별표 2의 규정에 의한 약혼서를 교환한다.

제8조 (혼인)

① 혼인예식을 거행하는 경우에는 다음 각호의 사항을 준수하여야 한다.

1. 혼인예식의 장소는 혼인 당사자 일방의 가정, 혼인예식장 기타 건전 혼인예식에 적합한 장소로 한다.

2. 혼인 당사자는 혼인신고서에 서명 또는 날인한다.

3. 혼례 예식의 복장은 단정하고 간소하며 청결한 옷차림으로 한다.

4. 하객초청은 친·인척을 중심으로 하여 간소하게 한다.

② 혼인에 있어서 혼수는 검소하고 실용적인 것으로 하되, 예단을 증여할 경우에는 혼인 당사자의 부모에 한정한다.

③ 혼인예식이 종료한 뒤 행하는 잔치는 친·인척을 중심으로 간소하게 한다.

④ 혼인예식의 식순·혼인서약 및 성혼 선언의 내용은 별표 3과 같다.

제4장 상례

제9조 (상례) 사망후 매장 완료 또는 화장 완료시까지 행하는 예식은 발인제와 위령제를 행하되, 그 외의 노제·반우제 및 삼우제의 예식은 이를 생략할 수 있다.

제10조 (발인제)

① 발인제는 영구가 상가 또는 장례식장을 떠나기 직전에 그 상가 또는 장례식장에서 행한다.

② 발인제의 식장에는 영구를 모시고 촛대·향로 및 향합과 기타 이에 준하는 준비를 한다.

제11조 (위령제) 위령제는 다음 각호의 구분에 따라 행한다.

1. 매장의 경우 : 성분이 끝난 후 영정을 모시고 간소한 제수를 차려놓고 분향·헌주·축문읽기 및 배례의 순으로 행한다.

2. 화장의 경우 : 화장이 끝난 후 유해함을 모시고 제1호의 규정에 준하는 절차로 행한다.

제12조 (장일) 장일은 부득이한 경우를 제외하고는 사망한 날부터 3일이 되는 날로 한다.

제13조 (상기)

① 부모·조부모와 배우자의 상기는 사망한 날부터 100일까지로 하고, 기타의 자의 상기는 장일까지로 한다.

② 상기 중 신위를 모셔두는 궤연은 설치하지 아니하고, 탈상제는 기제에 준하여 행한다.

제14조 (상복 등)

① 상복은 따로 마련하지 아니하되, 한복일 경우에는 백색 복장, 양복일 경우에는 흑색 복장으로 하고, 가슴에 상장을 달거나 두건을 쓴다. 다만, 부득이한 경우에는 평상복으로 할 수 있다.

② 상복을 입는 기간은 장일까지로 하고, 상장을 다는 기간은 탈상시까지로 한다.

제15조 (상제)

① 사망자의 배우자와 직계비속은 상제가 된다.

② 주상은 배우자나 장자가 된다.

③ 사망자의 자손이 없는 경우에는 최근친자가 상례를 주관한다.

제16조 (부고) 신문에 부고를 게재하는 경우에는 행정기관 및 공공기관·단체의 명의를 사용하지 아니한다.

제17조 (운구) 운구의 행렬순서는 명정·영정·영구·상제 및 조객의 순으로 하되, 상여로 할 경우 과다한 장식을 하지 아니한다.

제18조 (발인제의 식순 등) 발인제의 식순 및 상장의 규격은 별표 4와 같다.

제5장 제례

제19조 (제례의 구분) 제례는 기제 및 명절 차례(이하 '차례'라 한 다)로 구분한다.

제20조 (기제)

① 기제의 대상은 제주로부터 2대조까지로 한다.

② 기제는 매년 사망한 날 제주의 가정에서 지낸다.

제21조 (차례)

① 차례의 대상은 기제의 대상으로 한다.

② 차례는 매년 명절(설날 및 추석) 아침에 주손의 가정에서 지 낸다.

제22조 (제수) 제수는 평상시의 간소한 반상 음식으로 자연스럽

게 차린다.

제23조 (제례의 절차) 제례의 절차는 별표 5와 같다.

제24조 (성묘) 성묘는 각자의 편의대로 하되, 제수는 마련하지 아니하거나 간소하게 한다.

제6장 수연례

제25조 (회갑연 등) 회갑연 및 고희연 등의 수연례는 가정에서 친척과 친지가 모여 간소하게 한다.

부칙

① (시행일) 이 영은 공포한 날부터 시행한다.
② (다른 법령의 폐지) 가정의례준칙은 이를 폐지한다.

건전가정의례의 정착 및 지원에 관한 법률

제정 1999. 2. 8 법률 제5837호

제1조 (목적) 이 법은 가정의례에 있어서 그 의식 절차를 합리화하고 건전한 가정의례의 보급·정착을 위한 사업 및 활동을 지원·조장함으로써 허례허식을 일소하고 건전한 사회기풍을 진작함을 목적으로 한다.〔시행일 99.8.9〕

제2조 (정의) 이 법에서 '가정의례'라 함은 가정의 의례로서 행하는 성년례·혼례·상례·제례·회갑연 등을 말한다.〔시행일 99.8.9〕

제3조 (가정의례에 관한 시책의 수립·시행) 국가 및 지방자치단체는 제1조의 목적을 달성하기 위하여 다음 각호의 사항이 포함된 가정의례의 정착 및 지원에 관한 시책을 수립·시행하여야 한다.

  1. 건전한 가정의례의 개발·보급 및 실천과 그 지원에 관한 사항.

  2. 가정의례 관련분야의 전문 인력의 양성에 관한 사항.

  3. 기타 건전한 가정의례의 정착 및 지원에 관하여 대통령령이 정하는 사항.〔시행일 99.8.9〕

제4조 (가정의례심의위원회)

① 보건복지부장관의 자문에 응하여 건전한 가정의례의 정착 및 지원에 관한 사항을 심의하기 위하여 보건복지부장관 소속하에 가정의례심의위원회(이하 '위원회'라 한다)를 둔다.

② 위원회의 구성·직무·운영 기타 필요한 사항은 대통령령으로 정한다. 〔시행일 99.8.9〕

제5조 (건전가정의례준칙 등)

① 보건복지부장관은 모든 국민이 가정의례의 참 뜻을 구현할 수 있도록 가정의례의 의식절차를 엄숙하고 간소하게 행하게 하는 것을 내용으로 하는 준칙(이하 '건전가정의례준칙'이라 한다)을 위원회의 심의를 거쳐 정하여야 한다.

② 공직자윤리법 제3조 제1항 각 호의 1에 해당하는 자와 공직자윤리법 제3조 제1항 각 호의 1에 해당되지 아니하는 공무원, 공공기관·단체의 임·직원 및 사회지도층의 위치에 있는 자는 건전가정의례준칙을 솔선하여 모범적으로 준수하여야 한다.

③ 보건복지부장관은 국가기관의 장, 지방자치단체의 장, 공공 기관·단체의 장에게 소속 공무원 및 임·직원이 건전가정의례준칙을 실천하는 것을 내용으로 하는 시행지침을 마련하도록 권고할 수 있다.

④ 건전가정의례준칙의 내용과 그 보급 및 실천에 관하여 필요한 사항은 대통령령으로 정한다.〔시행일 99.8.9〕

제6조 (보조금의 지원) 국가 및 지방자치단체는 제1조의 목적을 달성하기 위한 사업 또는 활동을 하는 민간단체나 개인에게 필요한 경비를 보조할 수 있다.〔시행일 99.8.9〕

제7조 (혼인예식장소의 제공) 국가기관의 장, 지방자치단체의 장, 공공 기관·단체 및 국·공립 대학 등의 장은 업무 수행에 지장이 없는 범위 안에서 강당·회의실 기타 시설을 혼인예식의 장소로 적극 개방하여야 한다. 〔시행일 99.8.9〕

제8조 (명예가정의례지도원)

① 보건복지부장관, 특별시장·광역시장·도지사 및 시장·군수·구청장(자치구의 구청장을 말한다)은 가정의례에 관한 사항을 지도·계몽하기 위하여 명예가정의례지도원(이하 '명예지도원'이라 한다)을 위촉할 수 있다.

② 명예지도원의 위촉방법·업무범위 기타 필요한 사항은 대통령령으로 정한다.〔시행일 99.8.9〕

부칙

제1조 (시행일) 이 법은 공포 후 6월이 경과한 날부터 시행한다.

제2조 (다른 법률의 폐지 등) 가정의례에 관한 법률은 이를 폐지한다.

다만, 종전의 가정의례에 관한 법률 제5조 내지 제11조, 제14조와 법률 제4637호 가정의례에 관한 법률개정법률 부칙 제2항·제3항 전단의 규정 중 의례식장영업(장례식장영업에 한한다. 이하 같다)에 관한 규정은 매장 및 묘지 등에 관한 법률 개정 법률의 시행 전까지 이를 적용한다.

제3조 (가정의례심의위원회에 대한 경과조치) 이 법 시행당시 종전의 규정에 의한 가정의례심의위원회는 이 법에 의한 가정의례심의위원회로 본다.

제4조 (행정처분에 관한 경과조치)

① 이 법 시행 전의 종전의 가정의례에 관한 법률 위반행위에 대한 행정처분(과징금 처분을 포함한다. 이하 같다)에 관하여는 종전의 가정의례에 관한 법률의 규정에 의한다.

② 이 법 시행 이후 부칙 제2조 단서의 적용시한까지 종전의 가정의례에 관한 법률 중 의례식장 영업에 관한 규정에 위반한 행위에 대한 행정 처분에 관하여는 동 적용시한 이후에도 종전의 가정의례에 관한 법률의 규정에 의한다.

제5조 (벌칙에 관한 경과 조치)

① 이 법 시행 전의 행위에 대한 벌칙의 적용에 있어서는 종전의 가정의례에 관한 법률의 규정에 의한다.

다만, 제15조의 규정을 제외한다.

② 이 법 시행 이후 부칙 제2조 단서의 적용 시한까지 종전의 가정의례에 관한 법률 중 의례식장 영업에 관한 규정에 위반한 행위에 대한 벌칙의 적용에 있어서는 동 적용시한 이후에도 종전의 가정의례에 관한 법률의 규정에 의한다.

건전가정의례의 정착 및 지원에 관한 법률시행령

대통령령 제 16,533 호(1999. 8. 9)

제1조 (목적) 이 영은 건전가정의례의 정착 및 지원에 관한 법률에서 위임된 사항과 그 시행에 관하여 필요한 사항을 규정함을 목적으로 한다.

제2조 (건전가정의례에 관한 시책에 포함될 사항) 건전가정의례의 정착 및 지원에 관한 법률(이하 '법'이라 한다) 제3조 제3호에서 '기타 건전한 가정의례의 정착 및 지원에 관하여 대통령령이 정하는 사항'이라 함은 다음 각호와 같다.

1. 고등교육법 제2조 각호의 규정에 의한 학교 및 가정의례관련 학술기관·단체 등의 가정의례에 관한 연구.
2. 가정의례에 관한 국내·외 교류 및 협력.

제3조 (가정의례심의위원회의 구성)

① 법 제4조의 규정에 의한 가정의례심의위원회(이하 '위원회'라 한다)는 위원장 1인과 부위원장 1인을 포함한 15인 이내의 위원으로 구성한다.

② 위원회의 위원장은 보건복지부 차관이 되고, 부위원장은 위

원 중에서 호선하며, 위원은 보건복지부 및 관계 행정기관의 공무원 또는 가정의례에 관한 학식과 경험이 풍부한 자 중에서 보건복지부장관이 임명 또는 위촉한다.

제4조 (위원회의 직무) 위원회는 다음 각호의 사항을 심의한다.

1. 법 제5조 제1항의 규정에 의한 건전가정의례준칙의 제정 및 개정.

2. 건전가정의례의 정착·지원에 관한 사항으로서 보건복지부장관이 부의하는 사항.

제5조 (위원의 임기) 위원의 임기는 3년으로 한다. 다만, 공무원인 위원의 임기는 그 직위에 재직하는 기간으로 한다.

제6조 (위원장 등의 직무)

①위원장은 위원회를 대표하며, 그 업무를 총괄한다.

②부위원장은 위원장을 보좌하며, 위원장이 부득이한 사유로 직무를 수행할 수 없는 때에는 그 직무를 대행한다.

제7조 (회의)

① 위원장은 위원회의 회의를 소집하고, 그 의장이 된다.

② 위원회의 회의는 재적위원 과반수의 출석으로 개의하고, 출

석위원 과반수의 찬성으로 의결한다.

제8조 (간사)

① 위원회에는 보건복지부장관이 그 소속 공무원 중에서 임명하는 간사 1인을 둔다.

② 위원회의 간사는 위원장의 명을 받아 당해 위원회의 서무를 처리한다.

제9조 (수당 등) 위원에 대하여는 예산의 범위 안에서 수당과 여비를 지급한다. 다만, 공무원인 위원이 소관업무와 직접 관련되어 참석한 경우에는 그러하지 아니하다.

제10조 (명예가정의례지도원의 위촉방법 등)

① 법 제8조의 규정에 의한 명예가정의례지도원(이하 '명예지도원'이라 한다)은 다음 각 호의 1에 해당하는 자 중에서 위촉한다.

1. 가정의례에 관한 학식과 경험이 풍부한 자.

2. 소비자단체 및 가정의례관련 시민단체 등의 장이 추천하는 자.

② 명예지도원의 업무는 다음 각호와 같다.

1. 가정의례에 관한 지도·계몽 및 홍보에 관한 사항.

2. 건전가정의례준칙의 보급 및 실천에 관한 사항.

3. 기타 보건복지부장관, 특별시장·광역시장·도지사(이하 '시·도지
사'라 한다) 및 시장·군수·구청장(자치구의 구청장을 말한다. 이하 같
다)이 요청하는 사항

③ 보건복지부장관, 시·도지사 및 시장·군수·구청장은 제1항의
규정에 의하여 위촉된 명예지도원이 질병·부상 등의 사유로 직무
수행이 곤란하게 된 때에는 이를 해촉하여야 한다.

④ 명예지도원의 운영에 관한 세부사항은 보건복지부장관이 정
한다.

부칙

① (시행일) 이 영은 공포한 날부터 시행한다.

② (다른 법령의 폐지 등) 가정의례에 관한 법률시행령은 이를
폐지한다. 다만, 종전의 가정의례에 관한 법률 시행령 제5조 내지
제12조, 별표 1 및 별표 2의 규정 중 의례식장 영업(장례식장 영
업에 한한다)에 관한 규정은 매장 및 묘지 등에 관한 법률 개정
법률의 시행 전까지 이를 적용한다.

〈별표1〉 성년례의 식순·성년 선서 및 성년 선언(제6조 제2항 관련)

1. 성년례의 식순

가. 개별 성년례
(1) 개식
(2) 성년자 배례
(3) 축사
(4) 성년선서 및 서명
(5) 성년선언 및 서명
(6) 초례 및 주례의 훈화
(7) 성년자 배례
(8) 폐식

나. 집단 성년례
(1) 개식
(2) 국민의례
(3) 성년자 호명
(4) 성년자 경례
(5) 주례의 훈화
(6) 성년선서 및 서명
(7) 성년선언 및 서명
(8) 내빈축사 및 답사

(9) 성년자 내빈에 대한 경례

(10) 폐식

2. 성년 선서

성년 선서

저는 이제 성년이 됨에 있어서 오늘을 있게 하신 조상님과 부모님
의 은혜에 감사하고 자손의 도리를 다할 것과 국가와 사회의 주인
으로서 정당한 권리에 참여하고 신성한 의무에 충실하여 성년으로
서의 본문을 다할 것을 엄숙히 선서합니다.

년 월 일

성년자 ○○○ (서명 또는 인)

3. 성년 선언

성년 선언

성년자　　○○○

생년월일　년 월 일

그대는 이제 성년이 됨에 있어서 자손으로서 도리를 다하고 국가와

사회의 주인으로서 정당한 권리와 신성한 의무에 충실할 것을 다짐

하고 서명하였으므로 성년이 되었음을 엄숙하게 선언합니다.

년 월 일

주 례 ○ ○ ○ (서명 또는 인)

<별표2> 약혼서 서식(約婚書 書式)

약 혼 서

구 분	남	여
본 적		
주 소		
성 명		
주 민 등 록 번 호		
생 년 월 일		
호주의 주소 : 성 명		

위 두 사람은 다음과 같이 혼인할 것을 약속함.

  1. 결혼 예정일 :

  2. 기타 조건 :

                           년   월   일

  약혼자

    (남)   인

    (여)   인

  입회인

    (남자측) : 주소

          성명   인

    (여자측) : 주소

          성명   인

※ 첨부 : 호적등본 1부 건강진단서 1부

※ 민법 제808조의 규정에 의한 동의를 요하는 경우에는
   입회인은 그 동의권자로 한다.

〈별표3〉 혼인예식의 식순, 혼인 서약 및 성혼 선언(제8조 제4항 관련)

1. 혼인예식의 식순

가. 개식

나. 신랑 입장

다. 신부 입장

라. 신랑, 신부 맞절

마. 혼인 서약 및 서명

바. 성혼 선언

사. 주례사

아. 양가 부모에 대한 인사

자. 신랑, 신부 내빈에 대한 인사

차. 신랑, 신부 행진

카. 폐식

2. 혼인 서약

혼인 서약

저는 ○○○양(또는 ○○○군)을 아내(또는 남편)로 맞아 어떠한 경우라도 항시 사랑하고 존중하며 어른을 공경하고 진실한 남편(또는 아내)으로서의 도리를 다하여 행복한 가정을 이룰 것을 맹세합니다.

○○○ (서명 또는 인)

성혼 선언

이제 신랑 ○○○ 군과 신부 ○○○ 양은 그 일가친척과 친지를 모신 자리에서 부부가 되기를 굳게 맹세하였습니다. 이에 주례는 이 혼인이 원만하게 이루어진 것을 엄숙하게 선언합니다.

년 월 일

주례 ○○○ (서명 또는 인)

〈별표4〉 발인제의 식순 및 상장의 규격(제18조 관련)

1. 발인제의 식순

가. 개식

나. 주상 및 상제의 분향

다. 헌주

라. 조사

마. 조객분향

바. 일동경례

사. 폐식

가. 감의 크기(두겹)

나. 접은 모양

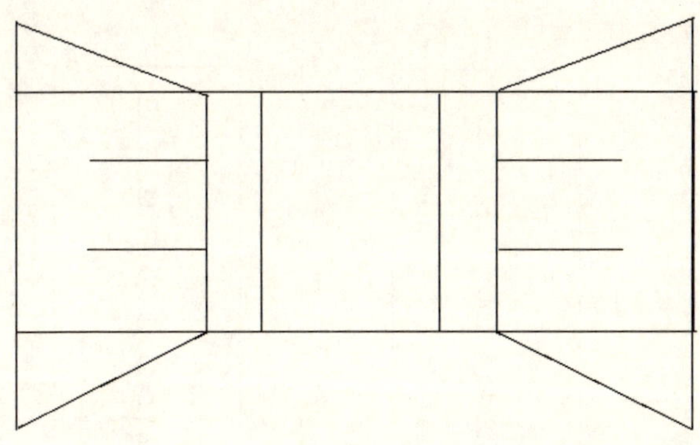

1. 일반 절차

가. 신위모시기 : 제주는 분향한 후 모사에 술을 붓고 참사자는 일제히 신위 앞에 재배한다.

나. 헌주 : 술은 한 번 올린다.

다. 축문읽기 : 축문을 읽은 후 묵념한다.

라. 물림절 : 참사자는 모두 신위 앞에 재배한다.

2. 신위 모시기

신위는 사진으로 하되, 사진이 없는 경우에는 지방으로 대신한다. 지방은 한글로 백지에 먹 등으로 작성하되, 다음 각목에 의한다.

가. 부모의 경우

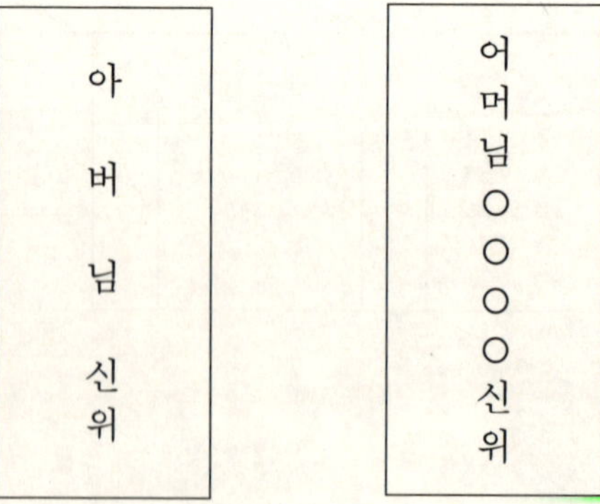

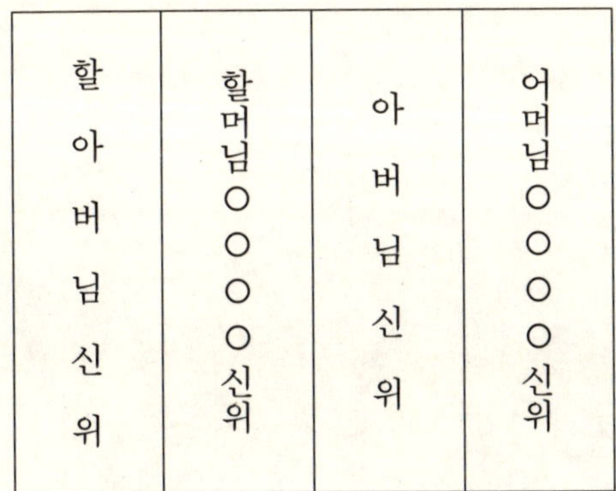

비고 : 지방의 ○○○○에는 본관과 성씨를 기재한다.

예절과 가정의례

초판 1쇄 2012년 6월 15일
초판 2쇄 2013년 11월 20일

●

엮은이 – 편집부
펴낸이 – 채주희
펴낸곳 – 해피 & 북스

●

서울시 마포구 신수동 448-6
출판등록 – 제10-1562호(1985. 10. 29)

●

TEL – (02)323-4060, 6401-7004
FAX – (02)323-6416
e-mail – elman1985@hanmail.net

●

값 12,000원

잘못된 책은 바꾸어 드립니다.